一片自然的风景
也许是一个人的心灵世界
而一个人的心灵世界
也许是一片自然的风景

李暄

诗人，国家一级导演，1962年7月出生，祖籍河南长垣，现居郑州。

# 人之风景

李暄 著

中原出版传媒集团
大地传媒

大象出版社
·郑州·

**图书在版编目(CIP)数据**

人之风景 / 李暄著.— 郑州 ：大象出版社，
2016.6
ISBN 978-7-5347-8727-0

Ⅰ.①人… Ⅱ.①李… Ⅲ.①诗集—中国—当代
Ⅳ.①I227

中国版本图书馆 CIP 数据核字(2016)第 132376 号

**人之风景**

**李　暄　著**

**出 版 人**　王刘纯
**责任编辑**　王晓宁
**责任校对**　张迎娟
**书名题签**　王刘纯
**装帧设计**　王莉娟

**出版发行**　大象出版社(郑州市开元路 16 号　邮政编码 450044)
发行科　0371-63863551　总编室　0371-65597936
**网　　址**　www.daxiang.cn
**印　　刷**　河南省瑞光印务股份有限公司
**经　　销**　各地新华书店经销
**开　　本**　787mm×1092mm　1/16
**印　　张**　15.25
**版　　次**　2016 年 6 月第 1 版　2016 年 6 月第 1 次印刷
**定　　价**　50.00 元

若发现印、装质量问题，影响阅读，请与承印厂联系调换。
印厂地址　郑州市二环支路 35 号
邮政编码　450012　　　　电话　0371-63956290

# 序

李暄即将出版的诗集《人之风景》，以古往今来的人物为描写对象，借以表达自己对历史和现实的见解。我知道，写历史人物的难处在于事先要读一点资料，先得熟悉他们的人生道路、思想状况和各种逸闻趣事，才能动笔去写。而且诗不同于小说和纪实性作品，它要塑造形象，用诗化的语言来表现对象，诗人在作品中得充分彰显自己的主体性。诗有自己特定的手段，例如韵律、节奏、语感等，这对作者的每次创作都是一个考验。

李暄的作品无疑取得了成功。例如在《王羲之的毛笔》一诗中，他先浮现王羲之当年与朋友聚首绍兴郊外兰亭的往事，“从你的鹅池 / 饱吸了中国最浓黑的夜 / 蜿蜒曲折会稽山阴兰亭处”，接着想象谢安一帮人如何置自己的社会凶险于不顾，潇洒来往于这座古亭的情景，“整整等了一个时辰 / 谢安孙绰们从远处茂林修竹里走来”。

他显然投入了自己的感情，要运用灵动的语感，直抒胸臆，也隐藏着对那个年代的愤懑。写边塞诗人岑参一腔豪情的《岑参的账单》，有拔地而起的雄奇之势，仿佛带着读者重走了当年的漫漫雄关路：

以马蹄打生命的算盘
石头的算珠被拨得鲜血淋淋
雪山是催着急付的一张张账单
六十首边塞诗裹着白玉傲骨
再添胡天八月即飞雪的碎银

当年一代代边塞诗人弃文从军，该是何等豪情？顶风冒雪前行的历史踪迹，本身就是最好的诗句。李暄以今思古的笔触，把我们的想象带到了一千多年前的唐代，他当然也有自己的寄托，这是对现代社会人们精神生活最强烈的冲击和反省。

第二辑“高天眺望”中的抒情对象，同样给读者留下诸多有待思考的空间。历史人物与现实问题的相互纠缠，大概是他们至今仍富有魅力的深层原因。在遥远、陌生、肃穆、沉寂、悲喜、艰难、简单或复杂的历史人物中，李暄都找到了宝贵的诗之趣味，让人反复揣摩，品味不止。但我更愿意读第三、第四辑写普通人物凡俗人生的作品。这些作品大概是李暄出差旅行时的收获之一。他游走于中国的腹地和四面八方，熟悉当地习俗、民情和建筑历史，也许留下了不少有意思的笔记，来记录自己的感受。演变成诗歌，便是

《乌镇夜戏》《青衣》《鼓师》《看夜戏的人》《爱收藏的人》《拉车的人》《练书法的人》《下岗女工》《爱荷花的人》和《作家之死》等。这些作品指向各异，是多种人生的汇集，也是对社会与人生的丰富而深刻的观察。我们知道，浙江乌镇是著名小说家茅盾的故乡，这个水乡因他而出名。但这种水乡在以南京、杭州为中心的江浙地区，即俗称的江南，则比比皆是。作者游走于此，泛起诸多的历史感慨，也沉浸在这山水画一般的景致之中。住惯北方的人士，一来到江南水乡大概都有这种奇异的感觉。作者在《乌镇夜戏》里写道：

酸涩的锣鼓敲出雷声

迟迟等不见闪电的评论

口渴的灯影　捏住船桨

刺绣　一两句荒凉的京昆

从以上作品看，李暄诗歌风格偏于雄奇跌宕，不是小桥流水的那种。他写乌镇，也是风生水起，跌宕不安，让人窥见他的胸襟和审美趣味。借这次作序，对他出版新诗集表示祝贺。

程光炜

2016年4月20于北京亚运村

（本文作者程光炜为著名诗歌评论家、中国人民大学文学院教授、中国当代文学研究会副会长）

# 目　录

## 第一辑　**长河回眸**

## 第二辑 **高天眺望**

## 第三辑 **岁月脸谱**

第一辑

# 长河回眸

## 王羲之的毛笔

我敢说春江水暖
知道最早的是你的毛笔
这里是律诗的上游
乐府和赋的草色青翠
而敢于曲水流觞
我听到你喝了酒的毛笔
发出了嘎嘎嘎天籁般的鸣叫

从你的鹅池
饱吸了中国最浓黑的夜
蜿蜒曲折会稽山阴兰亭处
游成天色微熙一抹鱼肚
为了等待那一阵阵笑声到来
蹲在亭角低头修饰翅膀里的阳光

整整等了一个时辰
谢安孙绰们从远处茂林修竹里走来
洗去旅途的疲惫
把险恶的政治环境关在门外
为了给饥饿的毛笔吃点野味
那些盛在觞中的悬念开始流动
溪水闪闪　弯弯曲曲
如载着兴奋与希望的小船

一句句诗吟早把船压满
再转到你面前时欲停欲泊
而此时　你看到亭角那支笔翅羽掀动
如翻开飘着墨香味儿的文集
突然　那支笔在你手上飞起
在蚕茧纸上荡开了异常美的涟漪
又昂一昂头向空中飞去
一直飞了十数个朝代仍未停息

飞翔了一千多年的《兰亭序》啊
翩飞着自然天成无法临摹的美丽

*（原载 2015 年 5 月 8 日《光明日报》）*

## 钟繇的正楷

关中离乱杀伐的马蹄
让书法不时出现谬笔
你用一把焦尾琴调墨
让乐音融化怪戾的狼烟

忽梦孔子墓上
一株子贡手植楷树
枝干直而不屈　方正简爽
莫非提示你创出楷书
千疮百孔之篆隶
欲用正楷重振精神

因此　孤坐危城
四面攻讦　谣言如箭雨落下
你竟如此临危不惧
以质朴方严扫书风怯懦
外柔内刚　沉厚安详　吐王者之气

飞鸿戏海　生动至极
太阳每天从偏旁上升起
做大字要如小字
而做小字要如大字
你的字有精细而严明之纪律

探寻蔡伯喈练笔秘籍
你墨中调入一半鲜血
文姬成为你最挚爱的一支笔
风流的曹植叩拜跪地
章程体的朗俊展堂堂威仪

创楷书大军　敢于肃整混乱
举笔画如举人才　看中内质
当三国血流成河　分崩离析
你书艺探妙之侧身　却尽形得势
以大勇　悄悄在正书上称帝

## 怀素醉书

欲飞的穹隆　以草书的高潮
涌动眼睛深处的传奇

李白的诗句研墨
万亩芭蕉园　笔画仍滴沥酒的喘息

正楷甩下蓑衣　游成赤条条草体
飞成北冥之鱼　中锋能够击穿大地

情话卡在绿天庵喉咙
不小心　把桃花咳了一地

嫁接右军张旭的风骨
焦墨宿墨让唐朝玉树临风

用闪电的肋骨熨烫雷声
千余年笔冢竟有发芽的疼痛

骤雨新荷　鸟雀呼晴
狂草撞钟　飞溅蓝天上悠悠共鸣

飞丝历乱　回波荡涌
渔火擎灯　煌煌万里行

炊烟　诵经声　从手腕上升起
吃素的线条　越来越瘦硬

藤绕山石　叶拽秋风　袈裟飞雪
飘飞的长须濡湿成笔锋

用悟字作舟拜别长安
你在急流里越飞越远

烹调惊世的乱风乱雨
千字文加热自己的晚年

一条恣肆的江河　无须抗洪
坚毅勇猛智慧地闪着时光之鳞

## 岳飞的书法

好险！三尺宣纸外就是百米深渊
你把浓墨的马头勒住
“还我河山”的四蹄腾落一阵惊险
惜纸　如中原之寸土不可弃

又书诸葛亮前后《出师表》
墨色如奔腾的浩浩铁骑直扑天际
入夜　锯下锋利弯钩剃去满腮狼烟
遒劲字阵打出岳家组拳　闪出利刃

一笔砍下拐子马腿　又一画直捣黄龙
用朱仙镇大捷郾城大捷欢呼声研墨
挥洒《满江红》几乎用光一条咆哮的黄河

一生没有败笔
在背上耕耘忠诚也是你的专利
种下“精忠报国”
长出一片又一片失而复得的土地

你的字装裱后千万不能沾上风波亭烟雨
不然会渗出黏稠的冤屈
也有人拿你的字作保值储蓄
还有人将你的字拆开后为心脏搭桥　或移骨换膝

更多的人把你的字盖成庙宇

每笔每画　均奉为精神的舍利

*（原载 2015 年 5 月 8 日《光明日报》）*

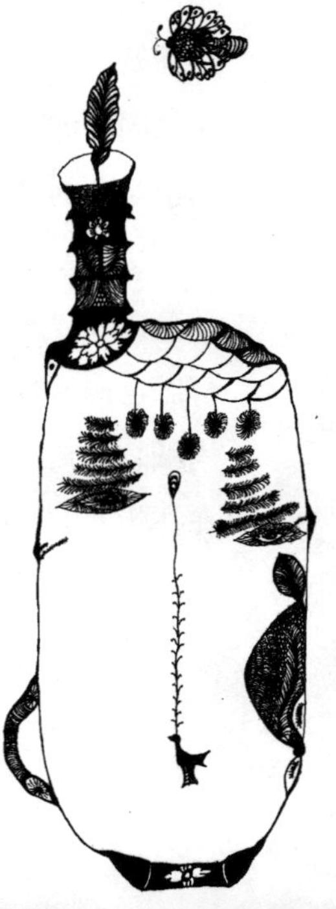

## 李白的开封

开封的月光　一大半是李白带来的
十年客梁园　低头思故乡
六十度的高傲被杜甫高适架上岸
踏上汴河就呕吐出郁积心中的月亮
溅起满城灯火

流向大街小巷瓦屋草堂
流出柳暗花明鸟语花香
那阵羞涩的琴声
被你的《梁园吟》在白墙上镀亮
月色牵入猩红婚帐
一枝红艳驱除了长安悲凉

马蹄踏出百里春光
莲蓬斟满千层说唱
用相国寺钟声掰开的菊花如金似玉
遥落吹台的月色如雪似霜

秋蒲白云浸透了情话
醉卧也掏出醒酒的月光
满纸皎洁频频驭上七言的雁行
在汴州　你发酵积存了多少好诗句
今晚就有多少粼粼波光

*（原载 2015 年 5 月 8 日《光明日报》）*

## 杜甫的胡子

你的胡子就是你的屋檐
茅屋常常为秋风所破
滴落风雨滴落泪水写诗史
拧不干常年阴湿冰凉的浮云

茅屋如你在呼吸中呼吸
茅草如你在飘零中飘零
“三吏”“三别”的沉痛愤怒
胡子上凝霜是寄不出去的家书

捻断百姓悲欢推敲绝句
追逐连天烽火寻找韵律
胡子鼓起的帆兜满风声哭声马蹄声
安史之乱横七竖八倒地时
你的胡须是站不起来的最悲伤的一缕轻烟

路过朱门并不乞讨
登过泰山就一览众山小
旅途上什么都丢了
唯带身上的这一副茅草
与你朝夕相处相依为命

万里悲秋常作客的气质
胡子故意不刮

让它长成无边落木
长成曲江细柳巫山丛菊洞庭芦苇
长成忧国忧民的簇簇浪花
喜极而狂的漫卷诗书

那胡子忽然飘到我前胸
轻轻一拽让肉生疼生疼
细数竟有1100余根
至今全部夹在《全唐诗》中
时间愈长　颜色愈黑

*（原载2014年7月26日《人民日报》）*

## 岑参的账单

*新疆吐鲁番市东42千米处，有一阿斯塔那墓群，考古队意外发现盛唐时期著名诗人岑参留下一张账单，当成纸糊在纸棺上。上写：“岑判官马柒匹共食青麦三豆（斗）伍胜（升）付健儿陈金。”*

*——题记*

以马蹄打生命的算盘
石头的算珠被拨得鲜血淋淋
雪山是催着急付的一张张账单
六十首边塞诗裹着白玉傲骨
再添胡天八月即飞雪的碎银

雪上空留马行处　打思乡欠条
半夜行军戈相拨　核对固定资产
凝冰砚台上每天收回领土
那时风雪不像今天一样低迷
寒风在百姓心中也一直处于牛市

将军金甲用金的精神来做
兵士角弓射出百分之百的勇敢
至于忽如春风到来梨花盛开
是故国东望路漫漫时想家
弓的素琴横月　箭的短笛吟风
愁云惨淡百丈冰是硕大银库

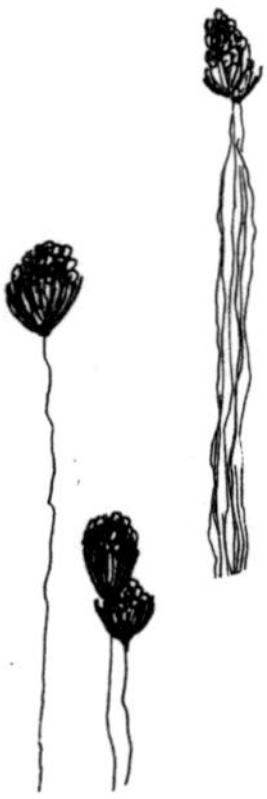

雪花飘再多也是国家财富
马鞭锻打纯银的故国
映亮历史是会飞的唐诗
收回鹘人为义子储蓄百代团结
火焰山做你的肉干被汗水拒绝
鞍跨边陲价值最为昂贵的落日
晚霞的红绸打开星光钻石

## 李贺的少白头

长时间误读秋风
才过早受到侵袭
霜雪的玉屑
不小心就飘了满头

皇亲的血缘
太多雨太多风的集聚
胸内形成结核　并且钙化
科考的剧烈疼痛
几乎要了你的命
诗囊越来越轻
终未翻过二十七岁的雪岭

诗和人一样很瘦
冷峻的天空为你感动
神话嗖嗖来到笔下　变幻腾飞
瑰丽诡谲意象唤你诗鬼
人和鬼　才华融为一体
月华风露为梦充饥

去敲一匹马的瘦骨
远山却回荡你的声音
天若有情天亦老
让香兰笑　让凤凰鸣叫

黑云压城城欲摧
也难掩倔强的白发闪耀

不识青天高　黄土厚
天天擦亮冰山上的吴钩
仍在垂钓着
今天的波光

## 李商隐与蝉

蝉鸣的谜底是自知迟暮时不我待
知了　知了　是生命彻悟还是无奈
黝黑如煤粒却唱出宝石的璀璨
我想这才是李商隐那只蝉
“居高声自远　非是藉秋风”
“五更疏欲断　一树碧无情”

蝉蜕过程悲壮　先是幼虫全身绷紧
背上皮逐渐裂开　头部从壳中挣出
接着拔出前腿蹬出后腿
打开褶皱的翅膀最后扯出尾端
撕筋动骨切肤之痛　摧肝裂肺痛苦涅槃
你的翅膀不正是孵出的透明诗篇

蝉从卵到成虫地穴韬光养晦三五年
有的竟要辗转十七年
堆积在羽翅的光终于成为瀑布
成为越来越响亮的琴弦
至此　才真正理解你的锦瑟之蝉
那五十弦并非无端
原来是想以绝唱完成蜕变

## 韩愈的进和退

墓前的唐柏真是双奇
一株为你的文　一株为你的诗
思想之根仍在发着嫩苗
穿过时间的文字经霜更绿

人求言实　火求心虚
欲成大器　必先退之
退后一千年仍到处寻师
草色遥看近却无
用背影揩净了天街小雨

华山无退路时投书华阴令
官场无退路时退人心
师不必贤于弟子
后退让你前途一片光明
文起八代之衰

士穷乃见节义
不平则鸣更让你陷入旋涡
退进山阳　退潮州边地
退迎佛骨　退鳄鱼　退进了悲悯

尽管退深山云横秦岭
退漠野雪拥蓝关

退进屈原《九歌》《离骚》　退进生命呼吸
退进《论语》《史记》　成为一个真正超前的韩愈
退进一片烟雨　退成一片连绵群山
文作青螺带　诗如碧玉簪

## 卖花的杜牧

连妒火中烧的火苗
都缀上石径　以二月花卖了个好价钱
花朵特写　也有绿映红的江南横轴
轻轻滚动一千多里

最小是春风十里扬州路上的豆蔻
楼上坠下绿珠只是一朵飞花
最奢侈一朵　因闻听荔枝来到才绽开
后庭花的糜烂让你起过鸡皮疙瘩

你用那扎得你心疼的刺
雕镂薄幸之名的印章
菊花插满头归来时
你只用凉凉的笑声为书法浇水

尽管秦楼楚馆花香
引来牛僧孺信札上神秘的蜜蜂
但你夜泊秦淮　卧看牵牛织女
仍一概按图索骥美人的容颜

有时寻芳已迟　还是未见花开
果树上也有花的无奈
即使在埋得很深的沙中折戟
也能让斑斑锈迹变绿发芽

长出二乔的娉婷身段

叙述火烧战船外　东风更多的浪漫和机遇

## 黄巢的菊

向最冷的西风借一匹快马
挥菊　腰斩天下
口含黄金　舞动火焰
胜过亮闪闪兵刃
你捻住一朵朵雏菊的纽扣
解开一袭万丈金光的龙袍

贩私盐就是贩霸气的大雪
菊的反叛决定你的暴怒
用鲜血浇灌菊的沃土
菊花在你的眼睛里闪烁
欢呼呐喊着飞舞

菊瓣挥舞利刃　花蕊射出箭镞
菊花之茎摇晃蔽日的旌旗
“堪与百花为总首
自然天赐赭黄衣”
这哪像一位少年的诗句

早就用一朵花喂肥了志向
翻身跃上了菊花之马
以菊扬威以菊排兵以菊下令
掂起秋风你闻到了江山凛冽的味道

骑着金菊之马寻找桃花
一架彩虹始终骑在胯下
让大半个中国闻菊色变
无限畅想忽略了菊花的花期
只做了一回霜雪的皇帝

## 白居易的西山

三忆江南后
还是且插梅花醉酒洛阳
用洛水掩起娇羞粉面
樊素小蛮是山寺桃花
桂花影子写着江南
用一首诗在西湖白堤泡酒
活是浔阳琵琶行
死是洛阳琵琶峰
天涯沦落人　把苍老的琴声踩疼

一道残阳铺水中
仍抚摸花非花　雾非雾
原上草一岁一枯荣
再往上走一步　就远眺到卖炭翁
八百首洛阳诗今天种成牡丹
年轻题笔苍生　年老独对神灵
琴声幽幽里驻着你的湘灵

《长恨歌》是踱步到对岸的浮桥
刘禹锡以野花和萝卜丝酢换你的歌谣
为了让情感凝成霜露
每天用寂寂钟声慢阅诗稿
几只青蟹游离最近的石头
“晚来天欲雪　能饮一杯无”

## 王维画兰

许多心事被惊蛰问过　就开始疯长
毛笔截住过早的花期
被迫为安禄山做事的那场暴雨
让你彻底迷恋人格的青绿

破墨山水破开了思绪
不能遍插茱萸
才把红豆的野火撒到了山上
烹熟满山的花香鸟语

丈山尺树　远人无目
诗画相融　山色有无
必须画些兰草让阳光居住
鸟道一千里　猿声十二时
指尖首先青翠欲滴

用樵歌与春风握手后
松下斜身躺成四十五度
让一首诗从身上流过　寻找月光
空山新雨　千山杜鹃
风声温润与柔软不同
幽静的兰　一次次撒开渔网
浓墨把你淋个精湿
你看到　佛寺游来的一尾尾禅声

*（原载 2016 年 5 月 13 日《光明日报》）*

## 郦道元的《水经注》

一滴水　水经上苏醒
一千二百条河流闪烁于眼睛
赤裸的水源　大地奔跑的粮食
把你的文采喂得清荣峻茂
眸子素湍绿潭　回清倒影
乘奔御风　蜿蜒着血脉与神经
水在书上站立
注释让水穿起了衣服

日月用美文激活了水声
微笑绽开在波光深处
诗的灵感有了深度和向度
灵魂有了滋养的夜露
让江山看见了英雄
牵着水的手臂穿云破雾
穿过嫉恨的险恶旋涡
你在四十卷长的码头上露宿

用血管分辨河流的走向
用泪水析出情感的浓度
黑夜与朝霞都从你手上起锚
甲板上翻跳着湿漉漉的民俗
用传闻解暑　用歌谣果腹
让笔的银鱼游进水的内部

是液体就该奔走四方
即使变成水汽　也要挣脱禁锢
注释水经　为了让河有一个课本
每朵浪花　都能高声朗读

## 陶渊明的菊

这个世纪最后的钓饵
只有弯钩的菊瓣还能勾住往事
彭泽归来　十三年的长线上
一只肥腴的太阳在渐渐上钩

始终找不到你的影子
据说返聘于得病的春天
牵着众多鲜花为灵魂引路
顺便做星星厌世的思想工作

雾霾已多次让你迷路
污染已无法正常采菊
菊展的形式豢养媚俗
金屋藏娇绝对是菊花的末日
谁还记得霜露的贞操

风中出发
过五棵柳穿过八九间草屋
再听到一两声鸟鸣
找到真正路边等你的菊花
但你必须寂寞成篱笆
人淡泊　并且悠然
才有走来的南山

## 曹操与书

*太祖御军三十余年，手不舍书。*

*——《魏书》*

睡在书的随军帐篷里
汉乐府的床上

书中有玄妙的排兵阵
撕下一篇短歌行系斗篷
骑一匹快马奔向《诗经》

一生的大印在海水中泡着
只等有一天把碣石放在龙案
结束三国

人才排浪般纷纷涌上书册
打湿多疑的笔画
闪电般的飞刀寻找着华佗与杨修

骗过吕布一匹黄马
关键时用警句剖下一缕灰髯
吸不净官渡柳城涌血的宿墨

华容道惜才放走的四言诗
让你后面的扉页无人敢走

忠义的茅草疯长

佐酒捏扁青梅的月亮
横槊把天空戳破
霸气才不会出格

并列横排不善水的自负
破译不了火与东风的阴谋
赤壁用耻辱给你文身

一条河流戴着山的面具
建安风骨难露地面
高陵　何时刺出了魏碑的硬须

# 一个行走的僧人

没人知道你背上的山
是河流纵横之经卷
脸上抽搐寺庙的钟声
芒鞋露出黑夜的脚趾
每天抛远地平线
无处可去　无处不可去
世界就是你的脚尖

用脚敲船的木鱼
大雾把虔诚的香点燃
敲响牌匾　车辙　亮闪闪的方言
袈裟拒绝欲望的沦陷
把风暴修行成平静的波澜
月光诵念悠远鸟的梵呗
梦悬在自己脊柱之桅杆

双手合十打开莲花花瓣
和一颗露珠一起醒来
拍落怀里日月的麦饼
精神向生长的物质化缘
看破放下　般若发光
自在平常　法身清凉

水是光的液体　风是光的气体

泥土也是光的灰尘和积累
跟着你走就能认识白雪

以光为植物为水源
种出自己心仪的果实
慈悲雨的泪水镀亮天地
寂静中以拂尘或锡杖为镰刀
割出月光倒地的甜蜜声音

## 陆游归来

毛笔晃冷了北风
梅花被雷电击碎
一树的干血挂在身上
一脉一脉骑瘦的山峦
已咽不下毫无营养的雪花

用什么价格评估你的忧伤
沉沉乌云裂开的疼痛
闪电从里面伸出手指
闻如故的清香

骑一枝梅的纠结回故乡
忧思时常涨水
那丢失父母的孤儿
也丢失铁马
只能跨越泪水的河床

古梁州上结痂了沈园残红
夜雪瓜州渡的膏药
粘贴不住寒风凛冽的哮喘

燕子飞进了上河的长卷
失散了多年的一万多首诗归来
推着划着抬着扛着又一个湿漉漉的清明

## 欧阳修沏茶

茶叶的燕子　斜飞进泥壶
才知风雨可以加温
往事可以沏浓　小龙团的鸟巢
栖在一首诗的檐下

牙齿门缝关严
文以字的形色成茶
五百篇茶林深处
常有苏轼苏辙的感激光顾

夷陵至喜堂的茶杯
最喜夜深如井　净空如水
不时沸滚的琴声
把星月冲泡得苍白

人贵朴实忌浮华
双井草茶也就那一点点茶芽
翼然的醉翁亭
用至清至纯的溪水说话

精神之雪越下越大
你骑上比秋声还快的白马
奈何以非金石之质
欲与草木争荣

茶以叶的灵魂成诗
你积攒的雪　为何在我怀里融化

醉翁之意　早已不在酒
全在你的茶

## 苏轼的东坡

*太白归天上星河*
*东坡属地上广袤*
*——题记*

文学这个永不疲倦的流放贬谪地
终于眷顾这个著名的山坡
用黑色的收获为自己黥面
留下美得让人心颤的文字
偶尔平坦便于毛笔的俯冲
顿然开阔更播种暴风乌云和花朵

伴刑期有赤壁惊涛拍岸卷起千堆雪
四望亭走上来多少豪杰
“月出于东山之上　徘徊于斗牛之间”
你简直就是密州走来的那轮中秋月
“耳得之而为声　目遇之而成色
取之无禁　用之不竭”
雪堂　装着一个多么纯净的世界

觉笋之香就翻好竹连山的狱墙
知鱼之美就涉长江绕郭的界河
庄子常来树下落座
你左牵黄右擎苍在坡上走过
用雷声咳嗽　用雨水研墨

书法河豚欲上　诗词橙黄橘绿
自自在在一个精神山坡

语言长得让后世绝版
施肥用光了几十年小人们的丑恶
黄州寒食帖的镰刀一闪
今天还填补着饥饿

## 王安石与竹

竹子本是自然界的风景
魏晋时被七个男人移进身体
后热衷于做知识分子的腰椎
竹子何时纷纷移出体外
成为和奇石异花相伴的邻居
万岁山上谄媚徘徊的居多

以“春风又绿江南岸”的敏感
以“人怜直节生来瘦”的骨气
在中年后被移入皇家花园
傲气难觅蚂蚁爬向太阳
孤高明月秉烛深谈
以竹子的浑身不适进谏
阔斧改革人心国运疲软
浮云再也遮不住了望眼

和欧阳修曾巩苏轼一起
遍撒一个个文章的种子
唐宋古文之林连成一片
竹子耿介　赤诚　责任如天
虽然孤单　得势便恣肆繁衍
竹干　迸发出坚韧的条令
竹叶　却落下扫不净的褒贬

## 徽宗的车辇

横平竖直支撑一个圆
从阴阳互抱到日月奔走
沿着汴河　这东京梦华的交响
轮声碾碎长寿的话题
车后扬起不散的诽闻

瑞鹤图为你张伞
禾苗都模仿笔画的羽毛疯长
宋体字端庄驾辕
不羡慕碑楷之华美　尺牍之标新立异
宣和画谱上芳草萋萋

行书跑太快易破碎分离
道教　儒家　佛经做你不同的轮子
牢骚和脂肪曾在身上堆积
横撇也由燕尾的肥腴变成尖锐
大草狂饮后已醉瘫为湖水
宋词因纵欲才简约纤细

天空甩响瘦金体的金鞭
借此把速度和美追赶
但精瘦之车　背负越来越重
笔画嗜酒色发软　且逆行千里
曦轮已撑不住发软的辐条

一个饱嗝　浓墨滴沥
泄露车体锦衣玉食的秘密
以羸弱无比的仙鹤之腿的飘逸
正涉水在一个步履维艰的悲剧
太重的石头正压垮一个词
这个词将变成石头的废墟

## 李师师的兰草

兰草嫩芽
张开鸟喙般的嘴
啄食金色的阳光
你因兰花而跷起的手指
掐疼了宋朝

把勾栏瓦肆当成花盆
让男性目光屡屡施肥
失去担当长不成参天大树
频频举起风花雪月
你以纤指捏住帝王的要害
绣慢王朝斑斓的脚步

花石纲让世界一贫如洗
兰花让影子遗忘玉玺
并且喝醉后到宣纸上舞剑
舞成优美却少力的瘦金体
舞成很高的文人境界
却把大片大片国土留成了空白
留成了凄凉疯长的宋词

从此长短句离不开了樊楼
铜琶铁板豪放派孤零零地去练硬气功
兰花也成为了秘密

被拒绝披一身菊花上不生锈的霜
听竹子怒发竖立读了一阕《满江红》
钱塘江水收留了你的羞愧

## 虞姬的“虞美人”词牌

霸王和虞姬竟能冲成一杯咖啡
冲成一杯乌江
韩信正在用流行曲杀人
杯身上感到了血的温度
霸王霸气弥漫开时
糕点鸿门宴上有黑白棋局
十万大军也脱不下女人的尊贵
何以让它频频面对网上约会

轻信又自信的项羽是幸运的
不用破釜沉舟把队伍赶上求爱信
虞姬的琵琶让你飞驰爱河八千里
只敢封她三等美人的气度
爱美人等于爱不成江山

你空骑一个“虞美人”词牌到来
在京剧为你单设的脸谱前停下
把一百多个成语遣散民间
追赶你的《大风歌》已冒出狼烟

虞美人印上咖啡杯面
她天天忧郁地望着云水
我借你的宝剑搅动咖啡
烟尘里潮润的《和垓下歌》溢出泪水

## 司马迁的竹简

刚用闪电串起来的骨头
雷鸣擦亮了竹片
精瘦的简隶陡峭攀爬上油灯的光线
在蚂蚁噬骨般的疼痛中战栗着快感

肉体已不需要盛宴
放弃生命才是耻辱
爬上一片竹简　漂起了时间
雨的回声咽进风的喉咙
酣畅浓墨狂吻着竹简
从自己湍急的血管　向历史深处回溯

浓墨改变泥土的塑性
细节在竹篾上睁开了双眼
人的性格蜿蜒出迂回青山
毛笔桨橹修正着错误
不要蕴藉　只要准确
没有华丽　只有尖锐

竹简竟能深入长河通古今之变
长发究天人之际　云涛翻卷
手指多次流血搁浅
麻木死寂在毛笔的针灸下枝叶变绿
饱和与温暖　竹简丈量汉语之泅渡

本纪　世家　列传　表　书　纷纷并列两岸
山峦并不因成王败寇起伏
项羽入本纪　孔子入世家
陈涉世家更是独具慧眼
一片长安被阉割得气息奄奄
在史书上发芽
丰满三千年万里河山

## 苏武的旌节

旌节上你的头发眉毛胡子都掉光
盐碱熬光了你嘴里的牙　你的旌节堆满皱纹
谁垂钓你　扯尽了一生的青丝

沉浸在咳嗽中的一根白骨
用雪和大风称重大漠
长安重　妻嫁儿死人去屋空
北海轻　草棚却飘几缕血脉哭声

十九年流成老泪纵横
旌节忽然烫手
一阵寒风吹雪淹过马鬃
雪山　一下拥堵在路途

"生当复来归　死当长相思"
目光在大雁南飞中骤停
留下血肉　立起骨头
你的灵魂上谁凿出了笛孔

鼓槌擂晕了整个长安城
没有人听出旌节里的秘密
油灯下　有天你将真情禀报汉宣帝
然后悄悄出阳关　一路向西
那年北海草芽　因你先绿

## 曹植的《箜篌引》

和琴瑟相似
但箜篌有独特魅力和音域
凤凰琴头让你孤傲成凤凰

常以奇才弹出奇文
登台赋孔雀鸣出华丽之音
尤其独奏　奔驰出千万匹白马

不该擅开大司马门
误让任性把曹操的心弄冷

对酒的喜爱失去了王位
你干脆就在箜篌上登基
娶了命运困厄之际遇到的洛神
婚纱用尽了升朝霞的太阳　出渌波的芙蕖

宁鸣而死　不默而生
箜篌与你结伴而行
情深处竟弹出鱼山梵音

以七步诗把箜篌放豆萁上燃烧
五根弦被火拽断一根
生命果然在刚过四十停顿

## 阮籍的啸

竹林孤啸　目断闲云千里
鸾凤之音　高山上凸立
为了能找到丢失的自己
晨啸直下鸿鹄　昏引空林夜鬼
啸成一种愤懑与时尚

浪涌含藏　气吞龙吟
肉的炸雷喊出深溪虎和闪电般的高柳蝉
愈近愈如巫峡猿
夜的粉末咏怀成古木鸢
在石榴上掰开朝霞的露滴

啸声往往是心灵春雨
下得那么酣畅淋漓
你的啸声让黑暗根本逃不了几步
五少五太抖出你精神里的雪
大沉小沉喊出七情六欲

“天地解兮六合开　星辰陨兮日月颓
我腾而上将何怀”
啸的声音雕刻灵魂　让时间和空间纷落
点亮并燃烧一种新的语言
大醉六十天避亲
啸　是一艘停靠在你硬骨头旁的小船

## 嵇康的空棺

你懂琴　琴亦懂你
收藏音乐的山石　缄默了一些情感
服药后把头发散成一架山
不让雨打湿雨的衣衫
旋律弹成飞鸟和烟岚
《与山巨源绝交书》是一口高贵的痰

铁砧上砸扁各种嘴脸
脸上滴下燃烧的火焰

浓雾升腾成飞舞的诗篇
你火的手指把真情冶炼
《广陵散》从此绝矣
你满头三尺长发是最后的总谱
撕成中国文人最后的雪片

雪飘在枝上让梅花去弹
水融化在溪里让卵石去弹
只有屏心静气的夜风
能拨响月光的琴弦
灵魂与神谈得越欢飘得越远
看着半山　才明白为何仅有你一口空棺

## 刘伶醉酒

幕天席地　衔杯漱醪一仰头
喝干所有对世界的恐惧
夹稍肥些的云下酒
扪虱而谈是最好的酒肴
敢于喝酒后钻入棺材
以三年时间　证明酒的醇厚
你是大隐隐于酒

鬼神面前发誓只为那祭酒
常乘鹿车不停狂饮
《酒德颂》是舀取不尽的酒篓
一米四的丑陋就是一酒缸
酒为精神洗澡
酒在晕眩处垂钓
与来游的阮籍嵇康为伍
酒嗝是你的饵料
把小人像蚂蚁般用酒泡起来
泡三天统统是不屑的酒糟
醉酒敢胡言　泰山崩前不改色
竹林露一只月牙的眼睛

你的终身侍女　泼辣妻妾
裸身时必穿的衣服
人间仅剩的几瓢清醒

## 隋炀帝杨广的两颗牙

两颗残牙
昭示天堂之门

遥远的功勋红肿　科举瘙痒难耐
评价并未在两千里的史册上痊愈

是痛恨牙的城门大意
十万兵马冲烂了肠胃
瘦西湖背叛出绝望寒月

想那卑劣尝到了你牙的滋味后
让你脸上的棋盘顿时输成了残局

历史已没有咽喉的通道
史册的舌头再也变不成旌旗
碎牙上的光芒被季节收走
两个忠诚的侍卫
无颜再回到故乡

## 左思与纸

一匹速度最快的白马
跳过污水跳过沼泽　让洛阳纸贵
人们纷纷抢购
为雪消花开的春天奔来的欢喜
一张纸　升则为天　落则为地
让最雄伟的三个都城　在纸上奠基

金碧辉煌　山河迤逦
用灼烫的历史风物给文字淬火
切割句式整齐　打磨文采华丽
敢于丢弃想象力捆绑的病句
有的纸薄如歌谣薄如草木的脸皮
有的纸厚如山石砌成承重的墙壁
白纸　矗起的呼唤是进军东吴　全国统一

赶超《两都赋》《三都赋》风生水起
三千里驿站亭台　八千里疏云淡月
骈体梁柱　琉璃闪光的辞藻
对仗街路　灯火斑斓的旋律
挑剔的陆机只敢夜半潜来
比你帅气的潘安更有了危机
你以赫赫三都敢临天下美女

望山巅风景怎比山涧风景

山顶有庸木　山涧有奇松
心灵山高水阔　精神才天地澄明
不论丑俊　锤炼七分傲骨三分血肉
让漠野长出楼阁森林
十年笔尖上的开疆拓域
开启汉语王国的浩瀚胸怀与格局

## 文天祥的文山鸡丁

一匹穿过大野的风
躺卧成火焰
喷鼻儿喷出阵阵青烟
半壁沦陷江山当柴
铠甲烧热自信
乡村俚俗的姜蒜议论纷纷
鲜红的辣椒情绪高亢

极善用锅气聚人气
作料刚把抗元的话题爆香
谁舀进两勺零丁洋的水
一切顿时冷寂下来

花椒露出星星惨白
锅里山河破碎风飘絮
浮起一层厚厚血水
捞出最后一两块国土尝了尝
勺子按住了坚守的孤岛
越滚越硬的筋
翻起一锅沸腾的呐喊

正气歌的滋味越来越浓
零丁洋已开始烫嘴

## 曹雪芹西山小院

从这里放飞最大的蝴蝶
就是《红楼梦》了　那是一群白蝴蝶
飞成了梦　飞成了雪
一片白茫茫大地真干净

房子蹲在雪地里
薄纱似的炊烟升起
端起薄粥　并且守着火炉
就能听到满山苍劲的古树
反复修改《红楼梦》的咳嗽

谁扣动叮当的门环
一个又一个绰约的丫鬟
风声擦碰窗棂上的松香
传得神秘而又悠远

已风化在墙上的题诗遗迹
是一棵隐约茶树
踏雪寻梅的脚步
怕冷似的夹在一册古书

茶的主题雨前会钻出
古筝的清凉曼妙　能采摘
因萌动而睁眼的音符

曹雪芹　通过这画在墙上的桥
经常到人间漫步

墙上诗词也许是树影写的
桌椅板凳都是活着的人物
连蛐蛐儿声都懂得人情世故
刚到夜深人静
你听　在说一回京味评书
唧唧　唧唧　唧唧唧唧

## 龚自珍的《病梅馆记》

马婆巷卖糖人的箫声一响就把你击倒
你觉得有负箫心与剑鸣
病梅　成为新发明的兵器

你滴不出狐媚的露珠
干脆让病梅嫁接到四肢上
忍受拧曲里取不出的雷声

戒诗的理由只有破洞的簏筐知道
逆旅的鸡毛笔只狂书于账簿纸上
抵达海西已是九千里情思喷涌

不敢看到满脸是血的花瓣
找不到夜的担架
几百首《己亥杂诗》像药棉般扔了满地

那驭着闪电手术刀的白雪
不忍心只在远山铺开床单
让空抱着歌声的枝丫万马齐喑

思念的灼热让你打了个喷嚏
终于响起天公重抖擞的霹雳

## 袁枚的吃相

煨烧焖蒸对你是太长的睡觉
尤爱在早上淡盐水的雾中
轻轻捞出一个煮熟的太阳
一点点地掏出温暖的蟹黄
刹那照亮了光闪闪的食欲

厌烦应酬寒暄达不到二成油热
迎来送往没有一点点火候
一首诗离开灵性红烧不出美人情欲
秋天的菊花也喝不出酒味
一瞬间让蘑菇在香气里集合
内心烦闷火苗都跟你去了随园

鲜笋不会自慰后与雪里蕻和牛肉私奔
美恶犹如冰炭不会让贞女为五花肉下饭
人性下愚虽孔孟教之亦无益也
物性不良虽易牙烹之亦无味也
厨师只占六成而食材采买一定占四成

太多糖醋宫保鱼香已让社会庸俗
好日子全油炸会让营养流出忧伤
三月清新的味蕾绽放出翩飞的燕子
同一火腿采出不同春天愉悦的层次

用许多一见钟情的骨头煲汤
同各种友谊的佐料垫底
青菜豆腐能熬出鲜活的汤汁
你觉得饭场远比官场有滋味得多

## 一个教中国近代史的人

头发已让屈辱烧光
捧一本教案
像厚厚的不平等条约
咳一声　水瘦　山寒
下雪缘自擦黑板
你虽表情平淡
血压　一会儿让圆明园大火升高
一会儿让割地赔款压得过低
风太厉害了　太平天国的箭镞
划伤了你的脸　腮腺也肿了
刘公岛仍在发炎
台湾一会儿对你打一个喷嚏
据说是让炮声传染
大好河山被掏空
引起晕眩　想吐
心脏　被租界挤压而痉挛
北洋舰队炸沉在血管
1911 年的不规律心电图引起心慌
袁世凯的贪欲升高了血糖
有一个疼痛在香港里边
有一个囊肿在澳门里边
每次从近代史回家
都想先去医院

*（原载 2014 年 4 月 4 日《光明日报》）*

## 王国维扇面上的枫叶

冬天的寒冷
反而让你血脉贲张
想到夏天的台阶去散步

哀众芳之芜秽
恐美人之迟暮
忧心的人们也把你当皇帝
（一杆朱笔涂抹可能带来杀头之祸）
你干脆收拾起脾气
穿起了平凡百姓的绿衣
丢掉了越烧越暗的火炬

是岁月的悲剧
平庸者的胜利
缺血的呼吸
让苍白的雪铺天盖地时
再也找不到明显对手

此时合上了扇子
关闭了生命的火焰
成为　湖面上的一滴雨

## 梁启超与麻将

把麻将当做江堤
“手一抚之　思潮汩汩而来”
演讲词便直扑胸怀
随一只牌的小船一泻千里

十打九输战绩不佳
砌麻将让你登上长城之巅
吹长风呼吁民族精神之坚韧
推倒多少国民残缺之灵魂
国土的输掉暂不足论
你说所有失败都有可能翻本

趣味主义里的国恨家仇
玩成麻将里的叮当刀剑
五人麻将三人麻将
机智的设计局局新颖
每天桌上驰骋着烈火

敲击痛苦又坚毅神经
麻将镜面照出各色人等的嘴脸
“吾等利用博戏时间起腹稿耳”
每张牌都意畅情酣
把悲愤与气馁拍个粉碎

## 章太炎的癫痫

文章也遗传你的癫痫
道貌岸然中会突然抽风
敢以神经病自诩的怪行侠
职业填圣人　年龄填万寿无疆
把病历写成一个个奇案

你的病让北洋政府头疼
常扮演首如飞蓬衣衫褴褛的邋遢丞相
七次被捕　三次入狱
已经找不到回家的路
却能钻进袁世凯心里寻找蛛丝马迹

孝悌忠信礼义廉
一二三四五六七
无“耻”忘（王）“八”似缺显意
常看书以为已经穿衣
癫痫中世界全部裸体

活着就给自己选个墓地
狂者进取　狷者有所不为也
你住在学生写的《狂人日记》
群魔乱舞中癫痫是优雅
万马齐喑中疯狂是率真
你发病时仍然多饮酒
一段春秋风暴永远卡在了气管里

## 王懿荣的甲骨

灯是夜的伤口
东便门外八国联军的炮火在里面化脓
拒降　用深深水井做了你的剑匣

甲骨　已秘密移至中国人的身体
痛苦和悲愤
捏得西风和寒冷嘎嘎作响

从一味叫龙骨的药上找到甲骨
或许不到两年
你已经从上面找到三千年前升起的日月和尊严
找到了鲜血一样温热的雨
是你用第一片甲骨挑开安阳小屯村的蜂巢
祖先用唯一尖锐笔画的蜂针
把蒙昧和亡国之势蜇醒

红肿的夕阳变成荣成海边的甲午
变成你京师顺天团练的肩上荣辱
你用甲骨　代替了在天上飘飞成纸钱的古书

甲骨用泪水提炼出了紫铜
刻下三横一竖的永恒

## 秋瑾的供词

“秋”　是你招供的第一个字
狱卒喜　又问　还有谁
你添上　“风”和“雨”
哦　风雨是你带的队伍
同党是摧枯拉朽的铁骑

风雨们此刻刚下昆仑东进草原
再过几日　可能就会越阴山跨燕山过秦岭
你　配作秋姓　爱刀爱武爱英雄
千金买刀　貂裘换酒
秋风秋雨是千万忠诚你的女兵

徐锡麟是夏天大雨虽猛但短
扒去他心肝等于也扒去你心肝
你随即呼应为一道闪电

诗人气质的你又填“愁煞人”三字
李贺逗秋雨曾经石破天惊
你向秋风秋雨下达命令

煞人和杀人同音
杀你的人必被杀偿命
你死在六月暑热难耐里呵
没有等到　那三个月后的救兵

## 徐志摩的雪花

从北风中借刀剑
雪花下落弧度里逼近崇高
从梅枝上还微笑
雪花难掩卑鄙的心跳

燎人光焰里　你发现雪花是自己雪花的囚徒
无路时　越狱能找到自己
你说乌鸦也是白的　只有白能照亮黑夜
雪花凝冰化水　将滴穿陆小曼的灵石

雪花啊　想在窗前夜夜向你低诉
这也许是花钱如雪花的北风的错误
她让你疲于奔命成一朵一刻不停飘飞的雪花
最后　成为林徽因床头上的一片飞机残骸

## 徐悲鸿的马

一匹马把你的笔杆驭成了青龙偃月刀
寻护现实主义万里河山
离先锋画派塞尚与马蒂斯越来越远
素描结构已让你颈椎僵直
阻止刮过来斑斓的风

马尾甩动让羸弱萎靡惊恐这长鞭
却也鞭挞了创造的各种火苗
借齐白石板斧砍枯木朽枝
马嘶也镇住了丰富的笔墨表现

二十世纪中国现代艺术
因你马的独奔而长满衰草
社会龙腾虎跃与艺术西风古道
一轮夕阳梗阻让你半身不遂
至今没引起画风同质化的警醒

马停下后变成表现能力的高墙
遮住了远山　当一匹马背负过重
讨好就代替了奔腾

## 郁达夫的翻译

拍平平仄仄鼓声
译出情欲和血液
燃一簇一簇火苗
译出爱的懵懂爱的羞涩
用创造社太阳社的晨光
译出封闭长夜最后的《沉沦》
也用诗的星光熠熠
译出王映霞的亮丽
以一生语言的最大财富
译成灵与肉的小说传奇

用酒醉鞭挞不堪时事
交情多累坏了绝色美人
把艳遇译成诗篇
把旅行译成散文
真情易写　怨句难工
毁家诗抄译成内心最深的疼痛

春风沉醉晚上乡情上涨
椰子瓢译成慈恩寺荔枝
《迟桂花》译进赵记酒坊
伤心　骑上酒精回家
开始用眩晕译富阳明月
用情报译民族重生

当夜色突然被译出枪声
你的稿纸飞成了信天翁
成为自己为自己抛撒的纸钱

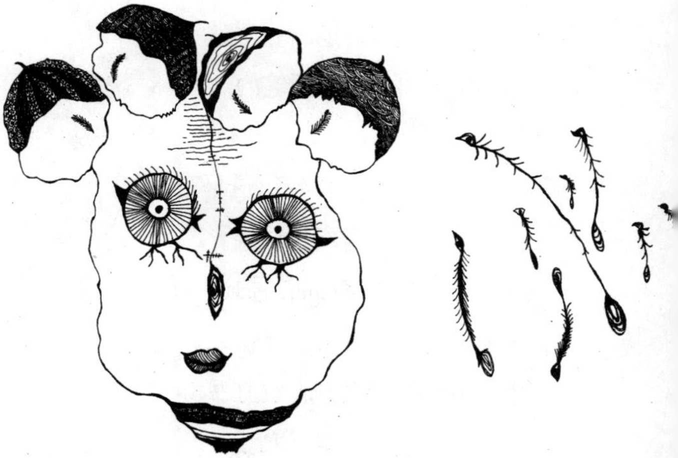

## 鲁迅的棉袍

野草和悲愤染成的黑色
让月光和通缉令洗得发白
柔韧得仿佛一贴膏药
杂文瘦小让它显得空荡
熏着手指上冒出的硝烟
过短下摆让人难忘仍走得飞快的小说
不对称风纪扣像文白两种语言
演讲将过肥袖口退出一支矛
伏案则游出一只手捏笔的乌篷船

孔乙己祥林嫂阿 Q 走出这幕布
刮净上面霜雪译成《呐喊》
《彷徨》被一字形胡须扫进《坟》
细碎阳光被筛成《故事新编》
用长征细线缝缀方志敏血书
萧红萧军在这夹层里取暖
刀丛里拧出湿淋淋的时间
上面水印过海婴尿的波痕

被死亡借过去很多次
出门不再装家门的钥匙
做孺子牛上面沾太多谦虚
而横眉冷对的孤傲弓弩
全需这灵魂之旗的导引

## 吴带当风

春蚕吐出的丝　精美绝伦
风是最亲的姊妹
奏出阵阵梵音

融入灵魂佛国
麻布或丝绸
不再忧郁
阳光缝合了乌云
于傅彩于焦墨中
升起庄严　欲望下沉

喜怒哀乐传递
八十七神仙从未远离
线条让你独享时间滋味
一步未迈已千里万里
莼菜条的波纹
捕获漏网光阴

天衣飞扬　满壁风动
把帝王也拉入地狱
《送子天王图》送走风
徐悲鸿把你移入血管
兴唐寺升起袅袅笔锋

线条　虽在墙壁凋落
却和春风一起藏进花朵
故乡的钧瓷扑向了烈火
惊现你描摹的道道衣褶

# 顾恺之的《女史箴图》

女史们以幽怨的眼神
在英伦三岛泡一杯红茶
东晋的雨夜瞬间空蒙
发酵出团团火光与呻吟

海水在时间皮肤上泛滥
泪却在一层层玻璃内流不出来
罗裙上的线描搁浅了弦月
古琴侧面的期待长出青苔

玄熊攀槛　那敢以身阻熊的冯媛
以脸上的羞涩暗示未央宫的荷花
双手纺出多少纤丽民谣
挣扎着冒出思乡的笛孔

细看防微虑远　班婕妤辞辇
又一段冈峦起伏　人物射猎于山间
日月有常　万物莫不盛极而衰
莫非早预示了昨天

再看两女相对妆容
以心传心的秘仪难掩隐痛
又见那床帏间夫妇相背　同衾以疑
海水已碎成绝望的镜子

远观夫妇并坐　妾侍围坐　群婴罗膝
那边男女相向对立　男子以手相拒
欢不可以渎　宠不可以专
伤心的锣鼓还能否唤回春天

一妃端坐　静恭自思　荣显所期
一女史端庄站立　执笔而书　两姬相顾而语
女史举着如意般的箴语
对贾南风的淫乱旁敲侧击

女人的美带点毒　让人上瘾
劝诫　岂能放逐异乡的困惑
顾恺之　你画完一段过去的历史
如何成为我安慰明天的谎言

## 张择端的《清明上河图》

每回人们清澈惊羡的目光
都让汴河涨水
一管紫毫撑起千年风景
匠心独运的三道屏风
让我混入上河　购买你的心跳

踱进河堤上的岸柳
踱进胡须　搬运成捆的线条
杜绝身体里的水患　绢布活着
灯火藏进暗淡的皱纹

倒骑一声哈欠　跨越虹桥之谜
时间缝隙总有一场好戏
层层惊险皴擦北宋的慵懒
片片青瓦用工笔舔伤

新柳种出的忧郁未干
市声已融入某一场棋局
张著用题跋张伞
有人却据此握住你的把柄

嘈杂把节气藏进傲骨
深意在每个细节上闪光
涌出一个个揪心的内涵

磨碎的焦灼在炙烤麻木
颜色调出悲观的弹性
翰林院待诏的裱衬把嘴封紧
散点透视鹰眼的敏锐
豆人寸马　目光一瞥便知人心

三十顶轿六十头牲畜已迈过几代
微笑是心灵获取的利息
车舟　店铺　桥　驿舍　官屋
运载五百余人的汗滴滋润呼吸

山东老家的路截上一段
坠成画轴　款印吐出了鲜血
破译水的密码和隐秘　却测不出
九百年后　你的前世和今生

（原载 2016 年 5 月 13 日《光明日报》）

## 郑板桥的竹子

竹子们开始减肥
学你极长的手指
乱石铺街　浪里插篙
嶙峋嵯峨六分半书
给竹子十分劲头

织竹子的罗帏
年年和春风相识
风雨咳嗽得竹叶乱抖
竹叶　竟酷似人字
一撇撇猛扑向白纸
几笔　就高悬起硬骨头

逗弄明月　猛抽丑恶
为痛苦的土地针灸
春笋　是你深陷的脚趾
竹节　是你一生的暗喻
走到哪儿　都有瘦竹冒出来

竹子风范　在范县树立
在潍县　竹枝竟追逐你十里
辫子甩成了竹鞭
咬定青山　万古不败之石
竹叶湿润而有温度

用墨兑酒　字歪斜不整　大小不一
总醉卧成丛丛兰菊
今夜　仍在灯前挥毫
竹影　为何飞上了墙壁
有一枝瘦竹　轻轻叩门

## 八大山人的留白

瘦如笔杆的身子
长发濡满生命意识
不停下胸腔里的雨
常年阴郁　所以黑白
墨汁是蔑视一切的小溪

佛寺不远　用钟声沐浴
道庵更近　戴成头上竹笠
明朝作为你的砚台
发墨后渗出隐隐的哭泣
题款　粘连欲笑实哭的泪滴

画笔上仿佛有鱼饵
往往钓上来各种热议
回去下文人的小酒
名声在荒诞不经中鹊起
面对云海你发明了悲伤的空白

五十九岁后搬到了自己的画里
欲纳奔腾的章江为妻
做幽篁白鹤的邻居
人们找你　需到画里
花草　树木　禽鱼
怪石嶙峋里长出的兰草
是你耿直了一生的胡须

## 张大千的画

拉纤　把极高的三峡拉长
用你年轻时就很长的胡子

进长江升起了画的假币
（主要模仿石涛和八大山人）
买风买雨买好的天气
竟然买暗了上海的灯火

享受鲜花报纸持续利息
赝品逼真的股票上市
捏着月牙泉调色三年
几乎乱真的敦煌仕女升值
抬高卢浮宫　樱花　时代广场

通过兑换毕加索的友谊
清点成捆成批蓝眼睛里的闪电
独创泼彩墨色奇妙味觉
宣纸上把领土延伸至欧洲
庐山图挤瘦日本
荷花卷收复了香港

真真假假都能做成熟饭
全依赖你脸腮上
那缕真挚的几十年不灭的炊烟

## 研古墨的人

黝黑的八百年
从打滑的端砚走出
走出松林　山风
垂挂的瀑布
许多星星的足音传来

乌云中迷路
半块松墨上
坐着我焦灼的喘息
一把扇面的轿子
抬远几个繁体字
剩下不愿走的松枝
抓起了一把鸟鸣

真害怕一坨墨磨完
就陷入永恒黑夜
哪里借遍李商隐的红烛
宣纸的几片远帆
贴不出寻人启事

还好　半块墨还在手心里
引逗汗水之小溪
你洗脸的水很黑
却把春天的脸洗白

水竟越洗越大
洗出一江春水　波激浪涌
狼毫轻轻一撑　坐上春风

第二辑

# 高天眺望

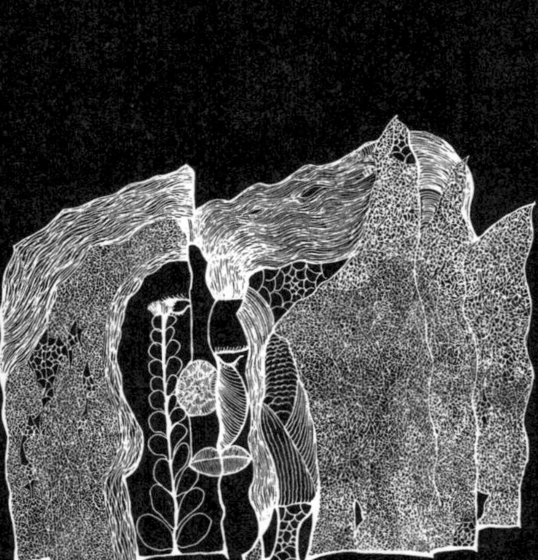

## 孔子不语

雪崩时　没有一片雪花觉得有责任
坍塌对于山来说是一个暗示
等待阳光并非为了融化
书的帐篷收藏风的注释
雪花的字飞在天空
仍一回又一回周游列国

空气稀薄　英雄稀少
刀的风声　骨的风声
雪峰削去了世故的低音
一步步在刀尖上走着
每座峰巅起得很早
“弟子三千　贤人七十二”
云雾批改猩红的心跳

乌鸦已证明不了白雪
只有你
远距离分辨是非的坐标
雪在高处微笑
攀登者能否做你的还魂草
漏风的《论语》
毕竟给人最基本的需要
而不畏艰险地点燃
白发　白雪　彼此辉映耀眼之火

有人说尼山不高
但蜿蜒的爻辞是江河的发源
述而不作的白雪
几千年来仍晶莹如初

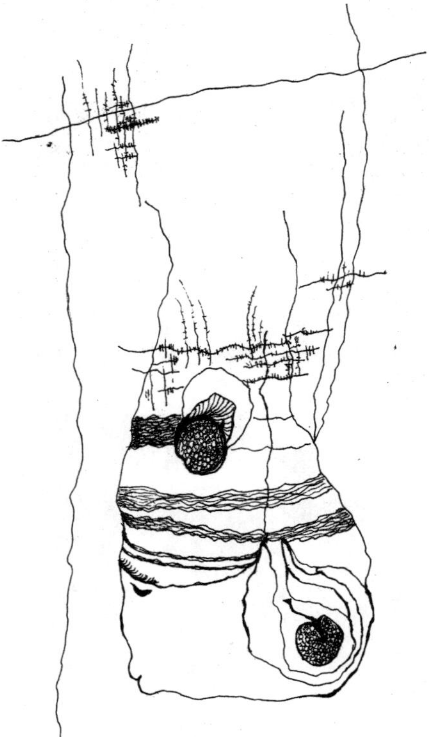

## 老子的邂逅

拿着金黄的《道德经》
像拿着一个蝉壳
大道无声　所有的夏天
需爬在上面去仔细谛听

特别在里面流汗以后
应赶快穿上秋天的矜持
最好泡上一杯舒缓
撒一把最新鲜的云影
让道德回到紫砂的温暖

林梢拍打着哲学的雨点
五千言在身体里消耗着养分
还有一些善恶祸福的遗憾
需要借助窗口的银镰
特别耐嚼的几句
还需你一缕缕长髯般的炊烟

而对重新到来的夜晚
你会用均匀自然的鼾声保护
不再据守焦虑和愤怒
你斑驳的前额上走来泥土和生气
大雾中的黑暗有明亮的私语

轻轻扣上布面精装的骨扣
像牵住牙白色的牛鼻子
青色牛背忽的一下从水里浮出
上面粗糙而又柔软
谁说了一句什么函谷关
所有世界开始在牛背上移动

## 庄子与蝴蝶

作为花的动词
常常穿着阳光和斜雨
进入山的修辞格式
你让浓密的绿叶成为了嫌疑
在我那本深夜的《逍遥游》上纵火
春天的野花的火
寻找一道道少女清凉的眼波
惊起满天纷飞的诱惑

你自此千年不灭
已不在乎自己的颜色
蹁跹进入一种狂癫
缱绻着相濡以沫
起飞的每次华丽
都在灵魂上落脚
生也有涯　而知也无涯
蝴蝶采酿的自由没有谜底

君子之交淡如水
生与死蝶与蛹实与虚
人与骷髅对话不再可怕
花朵能守住露珠清澈的秘密
睡如小死梦是同化醒为复活
不知周之梦为蝴蝶与
还是蝴蝶之梦为周与

人生天地　白驹过隙
何时已打开缤纷的身体
伸长为鲲鹏垂天之翼
翩飞是时间无影的马蹄
颤动　世界被对折得无声无息

## 韩非的口吃

流水滤滤　吃不准水下暗礁才让你口吃
让哲学慢于时间
语言慢于思考
不能用嘴结束战国的混乱
就用笔开凿寓言
守株待兔　自相矛盾　讳疾忌医
和氏之璧　螳螂捕蝉
以郑人的鞋子
量出事物长短

一双惺忪之眼于烟火明灭之间
说话木讷思想流成清泉
荀子在你的波光中沉淀

秦王的极赏为你招来了谗言
刑名为天下润色
笔画上被偷走刀剑
法术上显示过人胆量
唯独没有对自己设防

越急越说不出的焦急
替你省去媚骨奴颜
《五蠹》是剿灭纵横家的檄文
等于剪掉长舌头的刀剪
也让舌头杀你于舌头之间
葬你的孤愤台今天仍口吃严重
半天　才又飞出一只孤愤的白雁

## 墨子的数学

墨子爱数学　“倍者　为二也”
逻辑学也助他数学入魔
长方形　正方形　圆形
数学思维点亮茫茫夜色
一个知识推理后多一个知识
一个快乐乘更多快乐
就会变成无数的快乐
一个错误乘更多错误
也会形成不可饶恕的过错

人人相亲　不可恃强凌弱
兼爱会成为爱的立方
所有城池非攻　所有人心就有解
时间为宙　空间为宇
走向连续不断的时空元学说
时间为始　空间为端
相乘是既有穷又无穷的结合
“尚同”加上“尚同”为同一准则
“尚贤”加上“尚贤”让贤者来做

资用用减法减得十分厉害
对己用减法减得十分刻薄
“短褐之衣　藜藿之羹　朝得之　则夕弗得”
今夜　我带着无穷欣喜在墨家上降落
是不是因为节油几乎看不见灯火

## 鲁班与树

你一声呼喊
能把叶脉喊出锯齿
木屑飞落出雷声的花边
身体里有锯有凿也有一把斧子
始终认为刨花不是你的花朵
用锁用碾磨解释年轮
吹鹭鸟口哨宿过霜眠过雨
更是鲁国不屈服的骨头

最初是与大家一模一样的树
你与风雪互为风景
与风暴吵过架挨过不少雷声拳头
才不会在闪电里沉默
才大胆掏出怀里的黑色墨斗
让沸腾热血弹出生命之线

用佝偻背影把地平线扳直
再让天空弯曲　命运获得平衡
木马车丈量坦荡荡的胸怀
自然山水伸缩你曲尺的执着
是一棵树把你推向了重构与再生
拒制云梯后反登上了峰顶

削竹木以为飞鹞在天上任行
以树的自尊与良心否定九攻

藏在你和墨子背后的隐者是谁
来生还想披一身青翠欲滴的鸟鸣

## 列子御风

春天到了　你的家
是到处搬的风
练就了轻功　任意飞行
在田野上以柳絮追逐蒲公英
圃田水上的蜻蜓踩着浮萍
各种春天的绒毛几乎就是你的身影
轻到别人看不见你　和光同尘
郑相赏赐找不到你
自己都找不到自己

风驾驭了你还是你驾驭了风
用心包容宇宙沉重
从“杞人忧天”到“皇帝巡游”
“两小儿辩日”到“夸父逐日”
“纪昌学射”到“愚公移山”
难怪你能在风中旅行
有视小如大视微如著的眼睛
御风而行
以世界之重托起自己之轻

乘飞行器可随时御风而行
且把一切看得很轻很轻
看成一粒微尘
看成浮起自己的空气

# 褒姒的笑

笑容里总有最后一捆干柴
引燃往事里的一把纤腰
黑色的牡丹开了几千年
凋落一阵又一阵烽烟

褒国并不遥远
何必非用烽火点燃自己的阴影
那轻轻飘起的纸鸢
正在轻轻牵来的明月
才真正能浮现微笑的皎洁与丰满

只因为权力已有随时燃烧的危险
不正视立皇后立太子的因果
已早让你掉进火的深渊
笑只是让你点着的导火线
适量的笑是药　过量的笑是毒
残破山河每天那么大的乡愁用量
早让你戒了药瘾和毒瘾

女人亡国　何以不禁婚姻
马蹄冲印男权主义可笑的底片
随心所欲放大了这么多年
为什么还让你苍白成绷带
渗出夕阳的警示之血

## 刀币与人

刀环直径与刀身长度是 1 比 7.5
恰好是人的头颅和全身的比例
刀币站立起来人的传奇
每枚恰好 18 厘米　就是人手掌的长度
手放上面马上变成了一种灵魂的乐器

古币已难买天下昂贵的心事
已无法正常兑换膨胀的私欲
父亲递给我的动作让我终于发现了秘密
刀币价值连城而你至今贫困
是谁拿走了你生命的利息
你在接住刀币的一刻已抵押给上帝

没有人在上面写下任何痕迹
一个大篆的“化”字化出了天机
阳光在刀尖上跳着迟疑
突然　这刀币转过刀环向上不就是一张犁

我听到《战国策》《左传》拔节生长的声音
我看到《离骚》《孙膑兵法》的饱满颗粒
只有孤独向下用力留下深深浅浅的痕迹
刀币才会顷刻间翻开人心的大地

## 孙膑的兵法

从云梦山携十三篇《孙子兵法》
登魏国城楼观战国大势
没想梯子已竖在庞涓的算计里
兄弟之情的彩虹禁不住风吹

图谋兵法　有人图谋你的血和骨
你创新兵法的套路竟是疯和哭
同门弟子竟用兵法设伏
同一个剧本却有不同演出

在被割去两块膝盖上的幻想后
你躺在街角躺在猪圈里寻找尊严
从粪土和秽物里重新梳理伦理
思考黥在脸上的阴谋与死亡的残酷

野兽通过兵法能变成人
人也可以通过兵法回到野兽
鬼谷子决想不起的题目
才华遇上功名　江山遇上利禄

“庞涓死于此树下”　死于自己的歹毒
还是对兵法的生疏
孙膑却说　“然夫乐兵者亡　而利胜者辱”
胜利是最辉煌的失败和痛苦

## 伍子胥与钱塘潮

白马素车披荷衣系蕙带凌波漫步
始于你雩坛开祭时彩虹初涌
看　伍子胥　伍子胥

悲情使十万雄狮呼天抢地捶胸顿足
银盔银甲银浪之疾并不为越灭了吴
看　伍子胥　伍子胥

百里狂浪追着跑着直奔那浣纱之地
赎罪　十六管排箫让大东海喊哑了嗓子
看　伍子胥　伍子胥

盐官一线潮让你首先明白了更大期待
洗涤污浊阴暗之水的喇叭在大缺口举起
看　伍子胥　伍子胥

观潮城铺天盖地摔碎赠渔父白金剑虚情假意
占鳌塔前一字形排浪要打捞出阵阵愧意
交叉潮要把什么样感戴捧给大义的溧水女
回头潮回头仍想唱夜出昭关的招魂曲
看　伍子胥　伍子胥

丁字坝上拜祭烟火狂挥着手臂
你伫立潮头幡然醒悟泪飞如雨

今年的世道人心已不好驾驭　心慌失手

你竟扑向了众人齐聚的茫茫长堤

看　伍子胥　伍子胥

## 商人范蠡

常到你的名字上采药
七十二峰飞遍
横看成岭侧看成峰
云雾遮掩太多风景
额上深纹　风化神秘
骨头的质地　有青铜回声

西施浣纱的倒影
把好色的吴国漂洗
一个苦胆一片薪火
移植进骨瘦如柴的身体
你用慢火煲汤十七年
调养越国孱弱的山水

吴国被你淘得空虚
夫差之剑斩了伍子胥
你出走山林重获西施
泛舟五湖　已非昨日涟漪
弱水三千　只取自己一瓢饮
从此在江湖　在官场匿迹
峰峦起伏　瀑飞溪喧
天地碧野　你说出的是哪一句

江山　社稷　土地　美女

道为骨　儒为表　商人心机
阳光看见彩虹中的泪滴
青藤　蔓秧　枝丫层层遮蔽
心的银行最懂归隐之利息
修改自己名字的密码
春风知道青草内心的秘密

## 雪地上的赵高

很惬意地看着谎言下了一尺多厚
看它们洁白地向你表着忠心
语言虽空却能看出心意

地上黑且肮脏　雪一下还不白了
随胡亥出行指了一下鹿说是马
夜走八百日走一千　很多人应声说是马了

马和鹿折射的不是动物是人
说有人在为沙丘之谋蠢蠢欲动
连胡亥都同意了你的换血之法

借机除去大批不听话的朝臣
连二世骨肉兄弟都死在屠刀之下
李斯也被撕碎成了一片雪花

灯　是黑夜的眼睛
乌鸦　也是白昼的良心
假假真真真真假假的雪花
从你开始了颠倒黑白

## 李斯笔法

只用一次汉字简化的飞翔
就把秦岭迎面打开
纷落的羽毛种出方言

一横一竖就上千公里
六尺车马是你纵横的笔
捏着你挥洒的是秦皇是荀子

篆书后又用隶书辟为国家驰道
敢用疾风骤雨研墨
泰山　是你小巧的镇纸

统一度量删减笔画部首
也删减过韩非子的情谊
《答谏客书》是你不愿被删减而用力

焚书坑儒的火焰
烧灼着中国的前途
到处都是小篆隶书的骨灰

写假遗嘱把字写成了一把刀
被赵高阴险借去
斩了你　也杀了秦朝

## 荆轲与易水河

在你仰天大笑后
秦朝就让我浑身发冷
“风萧萧兮易水寒”
你用冰块寻找着心的透明处
雪花把柔软锻造成果断

我穿上了冰雪的白衣素服
一直跟着你　送你向西北去
来到秦朝宫殿下
我藏着一个个悲愤压抑的倒影
燕太子丹（提在你手里的樊於期）
击筑而歌的高渐离

秦武阳色变也让我惊惧
我瞬间在大殿内蒸腾出水汽
他脸上的汗滴
模糊秦王的视线
为你找到机遇

你的诚信让我无比锋利
三百公里缩小成短短三十公分
钻进盛装燕亢地图的匣子
钻进复仇的心中
你轻轻地卷起燕国几十年的怨恨

让我一道寒光照亮了历史
秦朝晃了躲了一下　你倒地
但作为一条已经站立起来的河
没有再倒下去　再没有弯曲
人们再也找不到我了
我已改道
进入了《史记》

## 吕不韦下棋

敢把一个大国
放进爱妾赵姬的肚子
看着秦朝在腹部膨胀
奇货可居的妊娠纹
延伸回环曲折的升官图

娘胎诞出来的一枚棋子
攥着　从赵国放进秦王宫
棋子出乎意料顺利地挤占了王位
嬴政为你赢来丞相大印

一字千金　《吕氏春秋》
吊上城门的赌本
向世界炫耀博弈的智慧
最终得到一丈白绫
把你吊进诡秘的历史

你是博弈者　屡屡投出绝棋
不留后路　嫪毐的毒棋
下得山河变色
衍生出的两个小棋子
一步步逼近了王位

你已让始皇帝疑心

仲父名称上摩挲出异响
无奈　把白发苍苍的你掂起
在遥远的河南封地放下
又忽向蜀地迁移　你顿感棋路险恶

不是不小心　被捏了个粉碎
一生摆布棋子　终被逼进残局
成为被弃的棋子

## 屈原与粽子

跑得飞快的薄衣的端午
被菖蒲和艾草绊倒
堆起白米的乡愁　碧绿的牵挂
甘愿为你缩成一团
赴汤蹈火　跳进民怨沸腾的楚国

照香囊的模样　捏粽子的棱角
填满纯洁的寄托
身子低俯　双手飞舞
船桨般划到了汨罗
所有星星　都坠入险恶深潭
人人都说　只要一个完整的屈原

我的灵魂　早在一粒糯米上苏醒
每声呼唤　都是我浓稠甜腻的一天
人间和天堂在苇叶下会面
我填进的几粒红枣
给你点亮归去的灯盏

端午　其实也是让云朵怀孕
让雨水　继嗣对你绵绵的思念
通过缠在手上的丝线
系牢一个永不散开的家园

## 扁鹊的逃亡

手按一个个冰凉故事
你两千年前的脉搏渐渐烫手
这可能是我第一次给你把脉
望闻问切你生命的隐秘
突然　我找到了缕缕火苗
并且听到了声声鸟鸣

扁鹊　本就是一种鸟的名字
图画上你头戴冠帻
身拖长尾　永远想飞
我手触到你的目光
导火索般冒出嗞嗞火花
正在挨近蔡桓公的身体

病入表皮　病入血液　病入骨髓才找你
这让你逃离丑恶五内惊惧
昼伏夜出　深衣褴褛
纠纠葛屦　遍布血迹
连日奔波你已肾虚
心律好像也出了点毛病

你的脉音在嗖嗖冷风中没了
最后消失在荒凉的秦岭
有个蒙面人语

谁让你治好了秦武王的病
你脉息后是两千年长时间的静寂
我手摸到了小人之心那寒光闪闪的顽石

## 华佗的外科

*曹操军中以四言连句考问:“胸中荷花,西湖秋英。晴空夜珠,初入其境。长生不老,永远康宁。老娘获利,警惕家人。五除三十,假满期临。胸有大略,军师难混。医生接骨,老实忠诚。无能缺技,药店关门。”旁人看了还以为是指责批评华佗无能。华佗看后,自言自语:“相爷又在考我。”于是提笔挥写出十六种药名:“穿心莲,杭菊,满天星,生地,万年青,千年健,益母,防己,商陆,当归,远志,苦参,续断,厚朴,白术,没药。”曹操看后大喜:“果真有能之辈也!”*

*——题记*

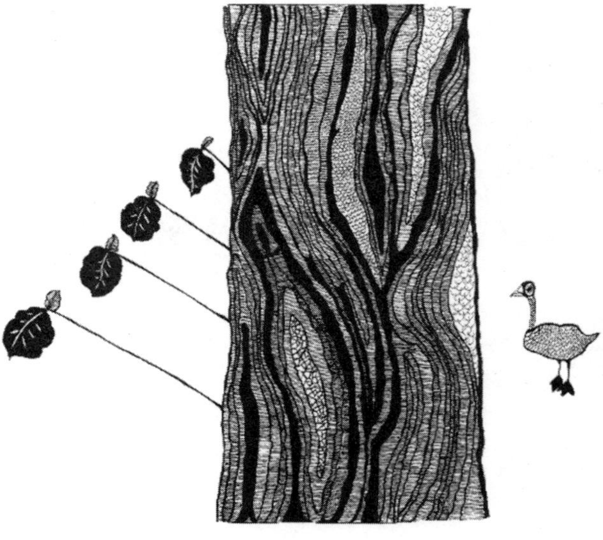

遇见你　我全身都是出入的门
全身都是通畅的路
你常常黑夜里掂一盏灯
站在汹涌的血管深处

你以丹田为海洋
经络为河流　形色丝络为舟楫
第一次把人的幸福当成彼岸
摆渡着羸弱的汉朝

麻沸散让中国暂时处于昏厥
以银针化解一个个凶险
五禽戏保持人的尊严
每一笔四肢都书写灵动

曹操和三国一起害头疼
既不是表症用发汗为解
又不是里热非泻下难以为继
明知淤堵在脑中的是皇位作祟
你斧子的亮光怎不让曹操生疑

有多少绝症来自假想敌
有多少梗塞来自不信任
有多少坏死来自阴暗的心

已点燃的战火难以平息
战争只与你争夺人的白骨

惨杀已与医治含混
狠毒已与妙手同义
刮骨疗毒早让英雄惧怕
你的刀具怎比曹操的目光锋利

## 张仲景的药铺

墙壁上暗褐色的小抽屉
药的居所酷似今天的民居
以孝廉封官的你刚靠近长沙
湘江便伸出脉息柔弱的胳膊
快速把臃肿官服裁成片片药方
硬是把官府开成了药铺

坐堂医生是你最早的版权
手指一寸寸捻灭绝望的目光
铜秤碰撞代替喊冤锣响
按寸不尽尺握手不及足陋习剔除
跳上楚汉界与汹汹扑来的顽疾对弈
惊堂木上一层灰尘

支大锅烹煮良心频频施药
药味除去官味　扶正祛邪
反复炮制除去吏制毒性
阴阳调整抓住本质疫症
一补一泻　一汗一下　一宣一导
愤而提笔开出治病猛药
药材是赴汤蹈火的忠诚衙役

做官危崖上一道绝佳风景
天天地上跪着垂危的疾病

白虎不吓人直扑脑炎
牡丹不为观赏根治阑尾剧疼
在沸腾的民怨里捉拿疫情

凝固剂根本凝聚不住党锢之祸
用飞舟继续把脉问诊南方山河
雄心再煎熬不了哭泣的北风

## 李时珍的药方

老人眼如松窗
额纹如草写药方
你手纹上的荒凉滴落着
山风与峭壁的惊险故事

黄连为哨　苦中寻乐
你神秘指头上有生命的利润
不会拍死爬上脖颈的蚂蚁
也不会踩死脚边的小虫
都是自己会蠕动的生命

眼前的人有的已变骷髅
只是自己从不承认
有的已是半个骷髅
已安放不了各种草本

风信子的功效把人群泡软
又说出一道药谜诗
一层硬壳把人裹入黑暗
有人问　四海不择生地熟地
你回答　一脉岂分桃仁杏仁

黑色钥匙打开救赎之心
用银杏驱除肺淤　决明子润明双眼

你为何不惧把你越抛越远
金银花与断肠草谁会辨认
是不是该用雄黄冰片浸泡内心
穿心莲上是不是有你的隐痛

用自己的苦才找到别人的苦
有了疼痛才会把疼痛关注
你用甘草找到甜　用曼陀罗找到麻木
用沉香找到灵魂的卑污

为什么自私已不屑用牛黄解毒
酸软也难寻那坚强的豹骨
即使心慌意乱仍难觅定惊的珍珠
蟋蟀已在战乱止步　白花蛇藏进洞窟

我等你　今生的命运
或许根本不在你的药效之内
而等是一种痛苦的过瘾
中医难治绝症　可治破碎之心

第三辑

# 岁月脸谱

## 画脸谱的人

脸上之海
用脸谱渡过
从此你有了在浪花中航行的权利
听懂了唱念做打的旗语

而千篇一律的往返重复
脸谱却乐此不疲
浓郁色彩固定的故事
再用夸张的图案　锁住人物

只有以脸谱的突显
才能泅渡　人世最狭窄的水域
稍不小心
其脸面顷刻便在狂风大浪中倾覆

不管你眼前如何扬扬自得　不可一世
不管你如何愤怒或是麻木
不管你伟岸庄重　或是刁钻奸诈　甚至十分粗鲁
都不要太珍惜你的面皮
它不过是沧海中之一粟
敢于在脸上涂抹色彩
历史才会将你记住

## 乌镇夜戏

突然收起水袖
将白墙撞入乌黑的命运
乌篷船的缓慢与星星对弈

许多雨伞哭了
被爱情扶上船
夜雨时的塔和桥作为悬念
移动情节的吃水线

许多风爬上船
脱去九曲十八弯的衣衫
掐碎的乌桕树影
遮蔽台词的护栏

矛盾踩碎了月光
笑声哭声的碎屑纷落
逻辑清晰的波浪卸妆
露出狰狞的渔网

酸涩的锣鼓敲出雷声
迟迟等不见闪电的评论
口渴的灯影　捏住船桨
刺绣　一两句荒凉的京昆

## 老生的装束

历史骨骼碎裂的风暴
刮出你嗓音的苍凉
一团火苗的良驹骑着
追逐正义与良知

对白硬短如火柴
真嗓的材质特别容易点燃
一道躺着的河流站立起来
手捻智谋飞溅的胡须

挽狂澜于既倒
脸颊如砥柱日见消瘦
皱纹沿着陡峭的岸
牵引出戏词的淋漓大汗

而关于风波关于黑暗
玉带上把稳不沉之船
鹅毛扇只有两功能　拿起　放下
厚靴底只踩两个字　或浮　或沉

站立一棵古树
身上仍有一片大海翻卷
王帽老生　袍带老生　褶子老生
靠把老生　箭鳖老生

我觉得最重要的一条
是你宽大的袖子
必须兜满涛声

## 武　生

一场词语的大雪纷纷扬扬
落满周围　而作为一个角
主要是打磨宝刀　不在一个词上滑倒
谁用执拗语法　酝酿一场风暴

掌声丰富你草料场的激情
曾勇敢闯进野猪林的句式
谁想砍去你的偏旁部首
那么多词语从高空飘落
猝不及防地瞪着他们

白茫茫的　耀眼不可言说
寒冷彻骨地藏进恐怖
一个人和一片白茫茫的雪
随时都可能产生新意
无用的虚词太沉把房顶压塌
你才借助山神庙栖身

几个黑衣副词让你感到主语威胁
于是宾语前置　除去所有不必要的修饰
一个完整成语才熠熠生辉
反射出水泊梁山的意义

大刀把雪花削成了一片片废纸

动词的动全在自己
凭一身绝技
让所有词活跃起来

## 青　衣

锅里常年捞不出你的目光
却让韵味在甩动里灌浆
天天整理些时间和风的皱纹
兰花指上尽是不结籽的风景

从阴阴夏木　远方鸣啭的云雾钻出的黄鹂
让我赤足站在水田　与水纠缠一生
遥远水袖根本干预不了花的枯荣
赶不走见利忘义的麻雀

在信心根本绿不起来时
无奈披上秋风的袈裟为你祈祷
没人知道你的水袖是我的炊烟
而你的声音是我蒸不熟的白米

用懊悔追肥　用恨呼吸　也不敢说
就能种出字正腔圆水袖翩翩的青衣
此生　更不敢想用笑声扬场　用梦脱粒
鼓点慢慢炖一场秋雨

## 小花旦

常常到胭脂里去打井
常常从苹果般的脸颊里掏出绯闻
你嘴唇是樱桃　脸是白桃
手指是嫩葱　脖颈是脆梨
穿上短裙就是果园采摘图
不管它是生涩还是成熟

在舞台这个鸟笼
小旦一般最早飞出天空
要采尽戏里面的各种虚实
放进观众开心一笑的篮子
剧情关键处能一下子把细节催红
也会不小心让节外生枝
没人敢去碰胸前乱蹦乱跳的一对小兔

为了达到瓜熟蒂落的目的
不惜以娇小身躯钻进每个人的心灵
有时因天真莽撞
也被打被揍　脸上被抓是常情
下跪是基本动作
刮风下雨时阴时晴时癫时疯
一朵花被折去花瓣
眼角里贮满或酸涩或卑微的剧情

## 鼓　师

月亮趴在你手上
看那三道深深的掌印
注定一生吃手上饭　吃汩汩直冒的鼓点

生命用鼓点迈开脚步走向纵深
把每个举手投足濯洗干净
把太阳月亮敲得山响
任意切割各种时间和情感
有的犹疑生涩　有的干脆果断
有的轻如新娘的娇嗔

对于大段对白核心唱段
要用心用力　用暴雨用狂风
直到浮一层浪花的掌声
敲得如水澄澈　对白如水　动作如水
水有让人忘不掉的新鲜滋味
掌心三条河跳动着贴近心灵

你鼓条的船桨　划出细腻生动
划出马蹄铿锵　燕语莺声
戏要百鸟朝凤
鼓点是凤头最明亮的眼睛

## 练功的人

隐忍斧斫刀砍千回百转
深入骨髓的伤里有戏的面庞
面对洛水伊水两行泪
绝对拥有了怜悯之心

千千万万佛龛面世
你把两条河舞成水袖
嗓音酷似袅袅的荀派
在不可言说的执着里
一个个唱段跳出龙门

笙歌袂舞甩出卷状云
飞动和升腾有洛神情韵
八分明月二分流水就是二八板
西皮流水如西来羊皮筏子越飘越远

前世伊人游动的画舫
让身上瘦成不温不火的月亮
在山和水之间　醒来就是再生
兰花枝伸出梅花的感动
菩萨保佑你壮阔的前程

## 唱　腔

你觉得你唱戏就像放羊
让一段一段唱腔到山上去吃草
去吃观众或茂密或稀疏的掌声
你每天　放牧它们　让它们饱满肥腴

你也常常被这些唱腔所咀嚼
露出枯皱的青春和白发
当然也根本少不了胡琴的精饲料
鼓点的花瓣　还喝很多情感的露水

有时唱腔们也会犯病
挤着走不过嗓子里的小结
甚至关在胃里那漫长的黑夜
受着柔弱无力的煎熬

从回环曲折的羊肠小道
运动着找到有利位置的丹田
丝弦的欢迎是你的春天
眼泪的雨水随情绪浇灌
心跳的雷声放出眼里的闪电

冲出光明炫目的一线天
一段唱一段唱的白云飘向蓝天

## 黑头的唱

谁引爆憋了一肚子的光芒
让崩溃性叙事纷飞
空气痉挛摩擦嗡声传到八百里外
闪电雕刻你半说半唱闪韵偷字
夜的碎片纷纷震落

陈州在你脸上大旱
你在百姓心中大旱
你情感爆烈的炭　明察秋毫的硝
龙虎铡的钢音敲生死鼓点
厚靴底磨出的硫黄味儿越来越浓

惊险在额上睁开天眼
庞国舅最终被唱腔切下头颅
又被借去为更多冤屈烧荒
黑脸便于你穿梭阳间阴间
黑脸便于你熟稔悲观乐观

情与法冰与火挂成髯口
火山喷发受重重阻拦
脸色愈黑愈潮湿浓重
下起雨来　当晚就钻出了许多笑的幼苗
人们　燃放你火星四溅的唱腔过新年

## 箱 倌

用自己的身体预报天气
悲剧在你的类风湿上下雪
疼痛引起戏的后半部肿胀
泪水也让乡情持续发炎

丑恶伪善要不到道德外衣
无赖地痞也休想攫取玉带王冠
官袍交回都仿佛血染
同林鸟回来都成分飞燕
冲冠一怒多为红颜

用急促的催问和数落擦汗
用如箭的白眼和训斥下饭
屈辱每天都洗净晾干
把人裸露的本性登记在案

散戏就躺在戏箱担架上
黑夜就是你的医院
用戏中英雄的霸气把自己裹严
腌酸菜般腌制不同年代的躯体
铜烟斗上的破绽一亮一闪
抖出静夜里戏的骨灰

## 后台的人

大弦戏的上百年穿透力
掏出怀中微薄的榆钱儿发戏份
粘补过好几个朝代的锡喇叭
用嘶嘶哑哑的叮嘱点亮庙会

描脸把太阳的颜色快用完了
慵懒炊烟寻找着马鞭
焦虑朝靴　把一句台词穿错了

摩托车换衣服时露出性感
刀枪们也都认准了情节和唱腔
笑声　在缨枪头上断了

开水不再嫌茶叶过期
唠叨也不再为星星找理由
戏箱上孩子已噙住梦的奶头

后台上的潮水迅速退去
一切都像静悄悄的石头
不时扑来喧哗的掌声

## 一个唱小旦的人

天天用酒精棉球为唱腔消毒
吊嗓吊出汗后必须擦干才淋浴
你说最恨同流合污
天天用胡琴为自己下雨
兰花指开成唯一的花卉

害怕化妆品含铅你洗尽铅华
多次给领导关怀消毒
多次被穿上小号的绣花鞋
给亲戚消毒致使门可罗雀
通电话竟能闻到对方吃蒜

用放大镜看剧本发现细菌队伍
一句声腔弯折处也大惊小呼
去掉肮脏的本子几乎没有情节
人也苍白地失去了矛盾
配戏人因拒戴口罩而请假

你说不怕刀枪剑戟
人已让人恐怖
出差把自己装扮成了护士
成摞床单铺不尽层层孤独
对台词竟掏出了一份病历
《牡丹亭》上早落满一层白雪

## 一个演《秦雪梅》的老人

《秦雪梅》是你孤零零的寺庙
到哪儿都冒出凄凉嗓音的轻烟
孩子们基本不到你庙里上香
逢年过节也根本见不到供果

鹌鹑啄食你的戏词
风雪常常为你拉开大幕
收音机是庙门是学校是说话伴侣
声腔让风雨修饰得越来越细

电视台打擂响了一声霹雳
你面如炭翁衣衫褴褛
声音竟妙如二八少女
干旱平原下透了古典雨滴

《秦雪梅》被你意外开光成圣地
进出的人已不绝如缕
三个儿子也要把你背回去
但你拉拉扯扯至死不移
你说只有戏是你的天堂
迈出戏一步就是地狱

## 看夜戏的人

秋玉米是借给平原的雨衣
秋雨下过了　就还掉
棒子是金灿灿的利息

秋风摸了一下土地的皮肤
闪电打了一个冷战
霜重得滑倒了一颗星星
一件浓雾的围脖挂在村头

锣鼓家伙来了　热闹起来了
树叶们纷纷来到了地上
许许多多的大海碗
被吸引到麦场上
麦粒早已回家
瓷瓷实实的豫剧捞到嘴里
嚼着品着
锣鼓声一会儿稀一会儿稠

夜风最大的时候
石子打在铁钟上提醒散场
锣鼓声执着到后半夜
最后一声在一个烟头儿上捻灭
月光反射出兴奋的村路
每个人都披着暖暖的豫剧回家
回去暖冬天的被窝

## 《红灯记》中磨刀人

从《红灯记》中走下
站在巷门楼外高喊
磨剪子嘞——锵菜刀

于是　很多粗糙的街巷子
碰出豁口的卷边事件
恳求磨亮
那时生活在斗争中照镜子
习惯以厚茧拇指
去上一上刑
或扯一根姑娘秀发
吹成几片飘飘雪花

现在已不需磨刀人传递情报
剧情正在受到手机的嘲笑
现在已没有了磨刀人
每个人都不再需要别人磨刀
刀藏得越来越深越来越隐蔽
被自己磨得越来越亮

## 一个演阿庆嫂的人

歙南的一片雪花
是茶山千年的供养与恩遇
一杯放置经年的茶
凋落了手指的寂寞

那时枕畔放两朵小花的芬芳之书
学戏如窨茶必洗身沐浴
《扑蝴蝶》掀开乳烟缭绕的青龙山封皮
鸟鸣　是你上个季节的余音

你烹熟各种江湖技巧
眼神分拣富贵贫贱
八宝粥为你熬稠锅里的鼓点
戏也慢慢浓得能拉出丝了
半山晨钟打着拍子
松坞鸣琴调阳光的弦子

你是反复剖干的屯绿
静静等待火上那第一壶沸水
主动请缨到沙家浜开茶馆
沏出了湖上漫天的浮云

## 一个藏绣鞋的人

眼中的裂缝全都变成了根须
茂盛的心事里有点点渔火
红烛没有点亮的幕后旦角

胡传魁被镇压
你顺着枪声节奏赶来郑州
阳澄湖螃蟹般升高男人目光里的酒精度
样板戏子弹不上膛却让你上妆
不在乎贫寒窑子手指上的风流

绣鞋里掏出一阵阵春风
刚逾墙而出　就被指为红杏
二七塔不宜夹在腋下
也不能撑开金山寺的日照
大水常常被你披在秋天的身上
一生半在台下半在台上
一条二胡拉出的水路似乎通向你的故乡

新四军打到后院时你屏息　站起
抚摸一穗芦苇的道具
频频远眺前半生的风雨

## 一个编剧的人

（一）

你的笔在水天之间踮起脚尖采摘星辰
七百平方公里高邮湖上的苇穗
飞成你密密麻麻的标点符号
在问号叹号句号逗号省略号的闪动中
青鱼白鱼黑鱼鳊鱼鲤鱼鳗鱼自由穿梭
自在游动的行文心旷神怡

情节的渡口风大浪急
银鱼螃蟹的台词句句饱满
芡实菱角与荷藕读出你脸上的红花
生活厚实处能掘出蚯蚓
鸥鹭鹤及野鸭在空白处栖息
稍不留意　唱腔就唰啦啦啦飞起
溅起一脸的水珠

矛盾冲突　此时以一叶帆影疾驶而来
木桨拍打悬念的京胡声
船头站立着急想看清的紧急风

（二）

每个剧本都放黄酒
高邮湖的水因你而猛涨
风土人情的特色食材

用快刀麻利地结构出重点
撒些动词去鱼虾腥味

眼角皱纹总能兜住湿淋淋的故事
人物在矛盾风浪里渐进渐出
受戒让你戒去了虚浮的欲望
把干丝和人情片得越来越薄
虔诚的味蕾已调不浓笔墨

苦瓜再苦也能酿回醪糟酒
细节再小也能腌成干腊肉
辣椒萝卜白菜丝瓜引流涎水
天上掌故地上民谣就地杂烩
秘不外宣的苦难调料
蹿香京胡的火苗

## 花　妞

花妞只开过一次花
结了果却被别人抱走
于是　以裙子包裹旧风景喂奶

夏天口吐莲花　秋天头发开菊花
冬天用腮帮开一片蜡梅
等到春天来时
她便开一串串暖昧的路灯马灯
汽车灯光里闪动变形的鬼魅

她成了随时遭遇春天的激情
许多情节躲避或嫁祸的理由
她能一口气吐出蛐蛐让秋天变瘦
也常以电筒烤化风雪夜归人

最难忘台词藏进结巴的嘴里
你的大襟成为许多人物出入的幕布
花妞以善良的最大尺度保护花朵
自告奋勇残破成春天的渔网

## 爱喝茵陈酒的人

氍毹尘梦　一滴不剩
眼睛里面有一双眼睛
贵妃　天女　赵艳容
被喊成憨态娇媚的酒令

哪怕冬天再长再冷
茵陈酒绿着每一分钟
一刻钟　一个月　一辈子
把梅派的碗底渐渐喝成淡红

夕阳沉入湖底托新月上升
四百封信上小楷腰斩掌声
日本海太平洋在碗里摇荡
濯洗梅派的温婉从容

也能把梅音藏在泡沫里
在蓄着的黑须下噤声
递一碗酒知热知冷
让畹华饮干须眉秉性

冬天的零落让酒尊敬
春天的萌发让酒动容
既然有一泓绿的春水
就不少梅瓣上鲜活的缕缕春风

## 大武生的腿

酷似一笔遒劲霸气的隶书
踢成西湖边让人仰慕的保俶塔
西湖水天天翻飞你的大靠

狮子楼在挥洒中坍塌
十字坡上的骨折竟还接错
你咔嚓一声踢断　说声重接

汪精卫想借你的腿
在《铁公鸡》上为日本人下跪
那一夜你的腿骨嘎嘎作响
蚕头燕尾从民国一直响到汉魏
黎明时　用石块上演了真人断桥

断了接　接了断
你的腿是一节节破碎的山河
折断处残阳如血
晚霞的疼痛　咬伤孤山

最后一次被动乱踢断
你一个三百六十度的僵尸摔成墓碑
从此你的腿不会再折断
正教一棵棵松树夜奔＊

*＊戏谚道：男怕《夜奔》，女怕《思凡》。*

## 爱收藏的人

票戏没有你收藏的名气大
《平复帖》《游春图》搭旷世舞台
把豪门巨富演成债台高筑
锦衣玉食唱成捉襟见肘

《上阳台帖》上与李白对弈
与黄庭坚赵佶对诗饮酒出神入化
京胡的鸣叫声飞成鸟羽体

多次被绑架
撕票只能撕碎狂笑
流许多血
以血点梅为乐趣
杜牧《张好好诗》中有你的情意

抚摸国宝们一点点破损的往昔
遍体鳞伤的你竟想给它们植皮
故宫搂着一百多件散失的骨肉哭了

不该酷爱京剧用京白评东论西
一顶右派帽子让你的剧情危急
“二十四史”被抄走后忘掉所有台词

平反时你却说　看古画谁没走过眼

满身破洞的帆竟然不抱怨风雨
一生是自创自排自演的悲剧
用性命演出了真正的自己

## 关汉卿的铜豌豆

今夜　望着盘中一粒豌豆
无法再去下酒
是不是故意留下来的那粒
谁也嚼不烂的豌豆

一粒名气最大的豌豆
蒸不熟煮不烂捶不扁的
响当当的铜豌豆　还有谁
能用身体去检验死亡的锋利

必须爆炒或慢炖吗
早习惯了锣鼓丝弦的调料
因为刀尖下朱帘秀的爱情
坚贞与石头在里面怀孕

掀开勾栏破碎的锅盖
声腔之油飞溅出刚烈
豌豆投身于水深火热
角色是一口火红的铁锅

没有完全冷却　又降下暴风雪
冰冻的雹子和豌豆混淆
撞击忽冷忽热的命运
才决定了这豌豆的性格

突然又刮来阵阵大风
把原来的希冀全部吹净
裹上一层沙土一层泥泞
杂剧让你尝尽了人间百味

烧了整整三十年
都没有离开熊熊火焰
蒸不熟煮不烂捶不扁
响当当让你有了金属的成分

成熟并不全在于收获
看你敢不敢跳进烈火
只有连死都不再怕的豌豆
能长出比黑暗更硬的骨骼

## 汤显祖编剧

雨是好雨
但风不正经
册页的裙裾掀得让人脸红
归燕小楷在洒金笺上翩飞

四个梦长得娉娉婷婷
悠悠大梦中
紫箫的名字改成了紫钗
牡丹也哭晕过去好多回

人人难逃南柯一梦
只知其乐　不知其悲
仕途跌进玉茗堂的池水
文字长出密密麻麻的芦苇

纸上还乡　灵魂烹茶
太浓太烫的情　稍不留意
把蜷曲的夜色烫伤
智极成圣　情极成佛
昆腔蓝色的火舌嘲讽黑暗

身体涌出大地的泉水
曲牌小径有弦歌风吹
剧情穿着华丽细节

情与欲为对手　忍受世态炎凉
一盏青灯用曙色还魂

台词在琵琶上疗伤
跌碎佛国仙家一地夕阳
幸亏人间天上有个暗道
藏在某一折的某一场

留出大片空白给梦
给霍小玉　卢生　淳于棼　柳梦梅
伸手去抓剧本
梦的空壳　缀几行明灭的褶纹

## 写《桃花扇》的人

江南的明朝
满身都是细节
桃花收敛到一把扇子里
等待秦淮河风中的抖动

捡起桃花瓣的夕阳
钻进河灯　画舫摇来《琵琶记》
商女把一千年前的那个杜牧
当成了你

你与他不同的是当了庖丁
趁夜幕降临解剖了明末
让侯方域与李香君的爱情离散
有了明月高悬的疼痛

鲜血滴成的桃花
摇落国仇家恨的香扇坠
每回展开扇面
都是惊心动魄的风景

## 身上有鳞的人

鳍天生把大靠插在背上　鳞如戏衣
一句“子非鱼安知鱼”
让人相信你的祖先也是鲲鹏

水并非全往低处流
我看见你攀登石头　会不会碰疼你的流水
游在李白三千丈白发中噙一粒红豆
躲进江山虚幻的《十二楼》

你戏的鳞片晃动金陵十万灯火
秦淮河无法入眠　文学史的冰面
翻滚腾跃出戏曲斑斓的色情与时尚

鱼说　你看不见我流泪　因为我在水里
水说　我看得见你流泪　因为你在我心里
你在黑暗的感动中甩子
甩出黑压压的剧本
孵出一个个渐渐长大的戏剧

# 第四辑

# 时代剪影

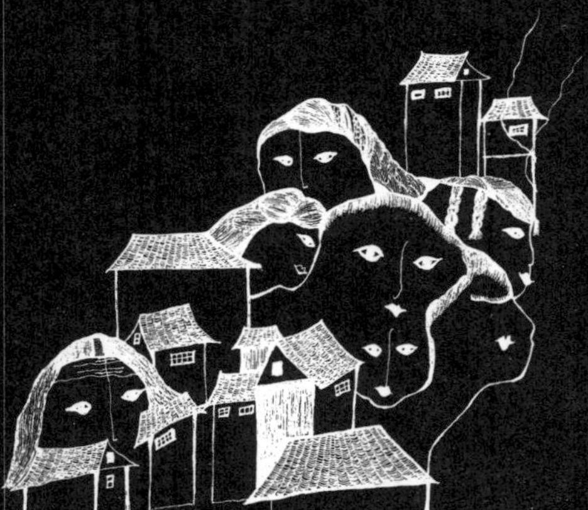

## 拉车的人

你拉一板车向我问路
我想起白居易笔下的一车炭
或威廉·布莱克笔下的一车砖
稻草或红薯招摇过市不雅观
你拉着的季节离春天很远

用脚步叩问　用谦卑躬身
把劳作辛苦与泪水连在一起
把收获与孩子笑声连在一起
丝毫没有苦涩与难堪

刚卖完冬天柔韧的白发
春柳又在你的肩头发芽
芝麻会在你手指上开花
时光会被你碾得又碎又平

城市到农村
两个词语的距离是一身汗
而从农村到城市
却足够你跋涉一生

街面正在擦去你的影子
你捋出胳膊上结实的肌肉

让土地找到开启春天的钥匙
你站在麦子的路口　等六月的火红

*（原载 2015 年 5 月 6 日《人民日报》）*

## 搓澡的人

厚厚的泥灰
从冬天的背上搓下来
搓到树枝咯咯笑的时候
能看到地上裸露根须的血管
雷声咳嗽一次两次
能感到春天想扭动腰肢

一盆一盆春雨泼了上去
起起伏伏的情状似奔流着的小溪
草叶的绒毛纤毫毕露
枯皱的诗句有了弹性

以湿湿的丰腴对抗风的蹂躏
对抗呻吟的雪的泡沫

洁白的云缕擦拭着地皮
寻找着一朵花一朵花的秘密
试探的脚步踩在肋骨上
一级一级抹亮着春的阶梯

鞭炮般的拍背像个仪式
春天终于翻过身来
乳头上的娇嫩桃花
最先吐出温暖的气息
是一盆雨　又一盆雨
春天醒了　要下地了

*（原载 2014 年 12 月 4 日《河南日报》）*

## 放蜂人

放牧着一个又一个季节
蜂　追逐鲜花　你追逐温度
蜜蜂们是你的吉普赛女郎
你的大篷车载着它们到田野里合唱

季节在身后枯黄
色彩引导你的方向
背后渐渐世态炎凉
眼前鲜花次第开放
碾碎冷言冷语的寒霜
义无反顾地扑向阳光

用小河照镜梳妆
烹煮星星和月亮

没有季节也很痛苦
人情太薄无法加一件衣裳
污染太多　让月光迷茫
紫外线常常恶意把尊严灼伤

太多枣花槐花桐花的亲戚
太多木棉紫荆栀子花的邻居
椴树花常淹没女儿面影
无法告诉她花越来越远越来越稀
最怕蜂王炸窝分家飞满天乱子
分别的蜂针常常把心蜇疼
你用家乡紫红色的二夹弦才能消肿

*（原载 2014 年 12 月 4 日《河南日报》）*

## “蜘蛛人”

命悬一线　游荡
空中飘忽着纤细的危险
用尘埃形容岁月的宽度
在看不见的悬崖上日日攀缘
岁月常常壁立
生活几近油滑
登不上任何关系
你才让城市仰望
让无可奈何的生命模仿云的高傲
下雨是你的泼水节
雷电是你的声效
所有灯光与剧情无关
星星的道具无须归还
在无路可退时循环往复
在绝处逢生时表现平淡
并不因生活厌倦而自织罗网
也不因世态炎凉而选择暴晒
已不用高不可攀比喻命运
你以丝的谐音走向诗的本质
以手为笔尖写出光洁的灵魂

*（原载 2012 年 6 月 29 日《光明日报》）*

## 采燕人

那一两只飞进洞的燕子
并不知道悄悄渐近的危险
还绕着陌生的木梯飞旋
一边飞一边鸣叫
不知道正在临近的强制拆迁

你头上酸痛的灯光
让仰望也一寸一寸发酸
发酸的还有那虎视眈眈的铁铲
拆毁的将是怎样一个个精巧的燕窝
只为满足一场豪华盛宴

而大群燕子即将归来的夜晚
精疲力竭中丢失了家园
会怎样伤心地跌进大海里边
小小燕窝像是镶在崖洞上的灯盏
失去灯的生命会是一片怎样的黑暗

采燕人你为什么一直遮着脸
是怕被认出将来受到群燕的围歼
当所有动物们被铲除了家园
人啊　离铲除自己的家已为时不远

*（原载 2013 年 5 月 10 日《光明日报》）*

## 说书的人

星星　在你的烟头上糊了
黄河　在你的驼背外搁浅
坠琴声细坠落夕阳

心灵开始疾步风沙
嗓音反射风暴
胡须几乎被霜雪烧焦
当个个故事打着补丁的风帆驰过
你银发灼灼为抒情撒网
脚下木梆当当为历史撑船

发声沙哑却极富磁性
松香上滑倒偷袭兵马
手形里刮出阵阵急雨
黄河在你喉咙深处拐弯轰鸣
你一张口就波涛翻滚
弓弦是风口浪尖的舵把
唇边驶过一个个惊险瞬间
墨镜后溅出的是汗水还是泪水
凝成依依不舍的流动冰排

想起那个火把般会走动的节日啊
身边滴滴答答响起融化的春天

*（原载 2014 年 4 月 4 日《光明日报》）*

## 种树的人

*每一个细小的沙尘里，都藏匿着森林被戮杀时的血迹。*

*——题记*

种满山银杏的晨曦和桃李的晚霞
硬把一条影子背成了森林
一声又一声鸟叫从笑容里飞出
手成为再收不拢的树根
用肩上的疤痕嫁接雪雨
结出了满山风的翠绿

用脑子固执的那根弦剜出水渠
树枝天天弹奏雨露和阳光
葛根洋芋随时提供体力
二十座岭三十个坡和你一起喘气
七十高龄能背定根水亲吻天梯

为了让春天顺利通过
你佝偻成两头扎地的桥
驮过成队核桃抱团的板栗
你用星星掖紧夜的棉被
锦鸡松鼠是悬崖边的邻居
银发倒垂李白的诗句
草棚是一枚闲章　捏在手里

镢头磨亮四季的小溪
裁缕白云垫脚下休息
水善利万物而不争
写一部丹江源的青绿传奇

（原载 2014 年 8 月 18 日《工人日报》）

## 一个叫母亲的人

母亲以最慢的速度
用了整整三十年
漫长的光阴　赢得长跑冠军
赢得早已毕业的自己教过的学生
奖赠的一条金项链
没有诺贝尔奖般提前向世界公布
也没有国王把奖章挂在她的胸前
而是一个普通的电话
以十年前的某个嗓音
将她约邀至某酒店包间
黑暗中走进　正在迟疑时
灯光大开　音乐轰鸣
看着一张张早已陌生的面孔
她欣然喊出了一个个姓名
每次喊出都激起掌声
一个腿有残疾的学生
泪水在眼睛里滚动
母亲用爱的力量和坚持
战胜了数以千计的匆匆日月
战胜了漫长岁月的侵蚀和磨砺
战胜了世上奔跑得越来越快的物欲和冰冷
赢得了未来对她的尊敬
给她颁奖的国王是她的学生

*（原载 2014 年 4 月 4 日《光明日报》）*

## 练书法的人

毛笔是纵横驰骋的良驹
啃过各类风格的草原
霞光因此暗淡
沙暴和你无关

浓墨跑出了近水
淡墨跑出了远山
总跟踪线条的绝密踪迹
总能读出阵阵墨香

仍喜大风雪中跑进中原
笔尖上冒出呼呼热气
最霸气地吞咽了龙门十二帖后
说汉乐府才能润你喉咙
月光下反刍魏晋意象
渐渐隆起了建安风骨

黄河边未找到竹林七贤
一停笔竟然满头白发
身子也瘦成一根竹竿
站在郑板桥的风雨声中
天天忧国忧民

*（原载 2014 年 12 月 4 日《河南日报》）*

## 山水画家

你感觉宣纸上伸出无数舌头
舔着蘸满调料的笔　咽下黑白思想
涎水流淌着日出和枫林的食欲

宣纸上牙齿咬出笔上的枯皱与开叉
山石啃出了眺望的惊险
三四只仙鹤飞起的味觉
让云朵直接脱骨　远树凉拌
大片青绿提味后　长风秘制着泪的青苔

一次特殊的飞行
把名字放飞到印章的凉亭下
自己吃自己种出来的岁月
只收获光与影两个季节

龙飞凤舞年月日的落款
今天还有极地探险般的考古价值
烹调世间最孤傲的雷声
能品出异常鲜美的山野意境

你的毛笔极善在寒冷的创新中游泳
“春江水暖鸭先知”
画轴卷起宣纸如卷烙馍
走了大半生　一点也不觉得饥饿

*（原载 2016 年 5 月 13 日《光明日报》）*

## 两个留学的人

和玛利亚同来的这个女生
用小麦般的肤色点燃了戴姓男生
成了多伦多校园内不熄的篝火

戴姓男生虽说农家出身
可读大学过大洋正改变着基因
他发誓下一代没有一点乡土气息

他终于让女生肚皮隆起悬崖
泄下尼亚加拉瀑布般的狂欢
此生一定要生下个戴高乐
生下一个伟大的法国

阴差阳错生下一个千金
两个人半月没有音讯
微信沮丧　微博流泪　电话静音

早上邮差忽然送来一封请柬
展开后他顿时一愣
上写道“戴安娜满月酒请君光临”

一地被星星撞碎的花朵
已拾不起风的呻吟

## 一个玩杂耍的人

乡音是身体里飘出来的音乐
随时打开沙哑的音响
喂饱稀稀拉拉的掌声
用汗淋淋的夕阳洗脸
每片落地的零散纸币
都会升起你明天的风筝

谁能想到
玩杂耍的人竟然失手
你失手于一条有人呼救的河流

你没有变出掌声和惊叹
却变出满城黑压压的焦灼
关切与呼喊让河水涨高
你被捞出后的姿势让人热泪涌流

不知道为什么　第二天
这条多年肮脏污浊的河的河水竟澄澈如镜

## 一个开火车的人

一生风中紧盯灵魂的灯盏
伴着铁轨却从未越轨
你的床不是最后一个站台
你开始吸烟斗
让烟火继续从身体里喷出

喜爱车轮咬住铁轨而你咬紧牙关的生活
目光仍巡视前方信号
以一口混浊浓茶为自己上水
一根筷子模仿列检锤
敲打牙齿上的松动
阳光在胳膊上龟裂
锈出关节的铆钉
腿是拆除了灯的信号杆
蜷缩着蚯蚓般的钢筋
嘴巴张成无人的进站口
一声声汽笛仍在肺部洗澡

而手电筒的微弱光线
让你又一次驶入风雨　驶入大雪
火苗舔着的速度
带着火焰出门
变成灰烬回家

## 地雷村的人

这里最出名的植物是地雷
每家都被夺去过生命的零件
断腿残肢以及无藤的孤儿
无法评价年景收成
侦察兵复原面临新战斗
你发现致富路上路险人稀

你的一只手被地雷收走了
另一只眼被地雷收走了
额上脑边弹片隐隐作疼
你说孩子们要有健全大脑
排除几千颗地雷的危险
六百名孩子从你手上走向未来

让自己血肉结出太阳
你在魔鬼丛林中采摘果实
知道什么是真正美味
每次挖出一颗锈蚀的地雷
都能闻到西瓜的香甜
你甚至想办一个硕果展览
向人们炫耀你丰产的地雷
你说你最想看大白菜们怀孕
它们慵懒地甜蜜地躺成一大片
分娩出太阳　灯火　甜蜜的炊烟

## 下岗女工

白围裙和白云一起下岗后
就趴在铁丝上晾着
棉花的沉重　坠弯了价值
天阴了　笑像一个虚假的闪电
擦不去泪痕的错别字

白围裙系住了一棵树
手开始发杈　批发阳光和树叶
品种太大众化一直滞销
后来批发厂里丝袜
让思想开始转变
尊严才勉强站直

白围裙回到木盆
拧出思想泡沫
累得扶住酸疼的腰时
扶住了一个柔软的灵感
棉花　本身就接近真理
开始量一个个女人的曲线
量乳房曲线胸围曲线臀围曲线
甚至女人私处曲线

结果竟系住了海岸线
码头和空港

真没想到　营救了女人的曲线
男人们竟开始沦陷
你的经历被喊叫出花纹　绣成披肩
棉花　又露出了笑容

## 当导游的人

很多景点被你扒进嘴里
人造风光不好消化常引起胃疼
喉咙沙哑得像扎了一根鱼刺
需要不断服用酸涩的云团和绿荫
嘴巴是即插即用的电磁炉
随时温煮一些发霉的掌故
黄色笑话的作料会适量撒入漫漫长途
堵车购物是脸色最难看的节目
用手表拨慢的时针享受提成
和一个又一个陌生的城市睡觉
雪山导致你一次意外怀孕
你和孩子的感情格外冰冷

眼睛是投币电话的投币孔
必须不停说话把话费耗尽
自从太阳的批评灼伤感情后
你开始收集一些笑容备用
释放全车笑声为奔忙沐浴
又用侦探小说技巧俘虏神经
但你竟让廉价赞美为自己化妆
有时竟长出了庸俗的痤疮
在车厢摇摆中平衡各种事态
紧紧抓牢方言吊绳避免摔倒
有时你竟剃掉了很美的风光
用赤裸报复丛生的欲望

## 一个人的赔款

上帝的迷惘使你的气候反常
邮戳　终于盖在你的命运上
你已不知道自己是囚服的包裹
里面是一个完全装错的产品
等于六十五万元的赔款

船刚靠岸就有人借钱
等于拿走了你的船篙
给孩子结婚又被孩子偷走十四万
等于抽走了几块船板
后来宁夏传销又被骗二十万
船上凿出了大洞

后来开了小旅店　又赔了钱
你又淹回到了苦海里
在险恶丛生的苦海里挣扎
淡然一笑　生不带来死不带去
你名作海　一生离不了是非之海

在苦海中成为名人
苦海未出又亲情尽失
你说这外面的世界比那个监牢可怕
虽没有铁窗
但海水能脱去身上最后一缕布丝

## 吹口哨的出租车司机

漆黑的夜幕租给你不要利息
灯火的媚眼却让车份儿缩水
坐进去的时代拉低帽檐
常不知拉的是英雄还是强盗

感觉是自己载来的春天
其实是春天涌进的叹息
常靠吹口哨为自己壮胆
常感觉自己被别人驾驶
头颅变成酸疼的方向盘
血管是明明暗暗的斑马线

心脏已和金钱油路离合器粘连
肝火和违规显出脸上的明暗
气氛沉默虽然压抑
交流却更使人提心吊胆
面目狰狞的可能是人
美目盼兮的则可能是鬼
像背着不同的人跑
在天堂和地狱之间

## 一个送礼的人

鼻青脸肿　没有人给你上刑
对于别人的询问则以笑声搪塞
不会告诉别人昨晚楼梯的陡峭程度
不敢开灯　下楼时又一脚踏空

对于阶梯认识极为深刻
多一级少一级简直泾渭分明
上一级下一级又冰火两重
常在珠峰雪山跌滑中梦醒
上山时自古华山一条路
那么恶那么湿那么险那么冷
上面堵下面催左右悬崖
又是雨又是风胆战心惊

自从黑夜中上错过一次楼梯
剧痛让双足告别了沧浪之水
医院说　是剧烈撞击触碰了神经
只有你知道是不是伤到了灵魂

## 住在白宫外帐篷内的老妇人

头顶轰鸣过庞大的直升机身
正驭远一条关于布什关于伊拉克的新闻
而你的新闻却非常机敏
悄悄地跑进我待按的快门

一只小松鼠灵巧地毫无顾忌地靠近
啃噬着您手中递来的白色温存
一只又一只小松鼠的快捷光临
您手中的面包很快被啃尽

过会儿您摸出两块干硬的饼干
想慢慢递上自己干瘪的嘴唇
可这时又跳来几只小松鼠
显然对您的恩赐也充满了信心

于是　您又把慷慨全给了别人
微笑着喝了一口水看着白宫愣神
我不知您常住白宫外帐篷内是什么原因
但我深知　白宫外的贫困更让人怜悯

## 街上来灵感的人

忽然撂下刚买的食欲
就侧卧进街边椅上的戏剧
儿子不知是什么把我击伤
还是在做什么游戏
我的唇在抖　我的汗在流
孩子的尖叫声想唤来行人的注意

我从椅子上一跃而起
把孩子紧紧抱在怀里
他说爸爸哪里不舒服
我晃一晃那首诗说好了好了
你没看这纸上已流满了蓝色的血液
这是爸爸的痛苦也是血瘀
不流出来就会死去
他说刚才是谁打了你
我说　刚才是受了美丽的一击

## 拳击的人

沉闷　一直没有找到高音
击打　身上冒出团团火焰
最好的音区在对方弱点里
在不经意漏出的疏忽里
挥拳的主题不仅是沉重
意外能产生多个音节

逼到死角的子弹般狂击
大雨倾盆　激起欢呼
鼻子　嘴　额角都是黑白琴键
完全看音乐情感立体之需要

曲谱都在即兴发挥里
跳动的脚步寻找音准
有时用汗水擦去过错
用鲜血删改悔恨
对方琴键自信心的坍塌
你用面皮撕开血腥一页

生和死才能把风格弹出来
胜和败的残忍中仅剩下兽性
猛然点燃身体里的火焰
金腰带　让倒地的风暴又站立起来

## 睡在窨井里的人

用胡琴声的井绳上下
躺进地狱　觉得只是鸟巢倒扣
活着躺进坟墓　灵魂盖满天堂的树叶

不收钱的夜色　时间的黑洞让夜停止
不收钱的雨　阎王爷比人慷慨
想伸缩成蚯蚓　水泥壁太硬
天天冒出乱发　是无处扎的根

借用了地下的冬暖夏凉
再不怕尊严塌方
幸福就是让人遗忘
再伸不进掠夺的手掌

窨井既是你的屋你的床你的桌
也是你的锅
每天晚上　把自己凉拌
中午　把自己清蒸
偶尔疲惫地爬上报纸
到人们的怜悯与嘲笑里洗澡
你的命运　在归来时感冒

## 研究唐诗的人

与李白见面的那个下午
留下一根胡须才让他走
用显微镜看到诗的成分
偷偷拿回来用月光泡酒
杜甫的药方几乎被揉成抹布
从擦去的咳嗽声了解草庐温度
以及粘满的百姓愁苦
白居易的红颜是一瓣桃花
被从庐山移到洛阳
移成了今天仍从日本飘来的晚霞
李商隐写《锦瑟》的时候
嗓子里有一场无名的大火
火苗中的爱情却年年被人收割
岑参的边塞诗里找到一块石头
从中测量出离乱奔向唐王宫的速度
用王维的诗句过滤掉污染
让禅意的木鱼敲碎了谣言
找不到柳宗元的时候也不怕
自己垂钓自己的一头白发
在贺知章八十六岁的回乡诗中
在童子的江浙口音中　你满眼泪光

## 擦车的人

城市何时褪光了皮毛
一会儿就惹上一身腥臊
股市里的空气恶浊
人们挨着挤着让你用单纯洗澡

闪电和雷鸣是你最爱用的抹布
名利是裸露在灵魂上的黄土
擦车试图擦亮马匹和信心
擦亮卑微深处的泥污

你会先用手指在车身上写一个村名
再用水枪让它销声匿迹
犹如你走来的脚印
在虚无缥缈中沉浮

水花从车身溅到脸上
你并不躲避　犹如不躲避痛苦
挑选一个收获的工具
犹如拿起一个怯懦的自己
最怕擦完最后一层浮尘
露出母亲再也擦洗不掉的皱纹

## 一个跑马拉松的人

春风十里　不及你金陵二月
把自己跑成早春的蜡梅
等着追赶你的春天

大雪变成脸上淌下的汗水
梅花岭上暗香袭人
你是自己跑上去的一枝

城北挹江门有等你的一朵
至于桃花至于海棠杜鹃
只有问她们腮上的深浅

从玄武门到古林
掠过的朝代开始缤纷
从一场事变里绕过家门
涌来重新换装的妃子　叫樱花玉兰

鸡鸣寺里的鸡鸣
总想到一首短诗的起步
梅花上白雪的跌落是一声呐喊

腿脚成了山川跑动的一部分
风替换了脊骨　雨雪换了血液
今年的春风十里
你冲线时　撞落了一地的花瓣

## 捡玉人

茫茫戈壁　许多人在弯腰捡玉
落日用长长投影
测量每个人的悲喜

古烽燧上投下的影子
从长变短从短变长
到处是稍纵即逝的历史

抬头的玛瑙碧玺
探出的彩石软玉
按捺不住的动词　名词　形容词
把愿望胀得很满　挤得很实

手再摸　却是尖锐的骨骸　风的残肢
刀剑砍落的颗粒　斑驳的叹息
在一阵云霞的羞涩里
我捏到了一颗太阳滚烫的泪滴

## 爱荷花的人

荷叶上有你眼睛的星光
高瘦如一支跃出水面的荷箭
哪瓣是你第一页
哪片又是你最后一页
用笔撑一只轻舟到荷塘最深处
夜露上闪着内心的警惕

孤独长出许多毛刺
割伤许多普通人情
用最深处的藕挥寂寞的笔杆
用蜻蜓的起落做最后的款印
用冷霜批改凌乱的波纹

不以荷花为人作序
也不以叶茎授人以柄
收集你莲蓬中的谎言很难
一生以水抵挡污染
秋风中飞翔倔强的孤雁
随时从水上涌起呼啦啦的灵感
读懂你　须仰慕白洋淀高贵的月光

## 打拳的人

晨钟暮鼓在手上结茧
胳膊膨胀成一棵柏树
八年发育成寺院红墙
踢腿已裹风挟雷

为探母不准而怒闯山门
大红拳泛滥出一片洪水
长棍扫除了重重围堵
穿险路穿过十六年人亦鬼

骨头的枪林　指尖的弹雨
跑五步飞十步劈空压下
梅花拳击碎万点梅花
山门难露吝啬的笑容

一百单八将的杂阵对峙
十八罗汉的绝壑难过
无变为有　弱变成强
三十米内生死迷茫
皮肉绽开血淋淋的嵩山之月

任他们蹚雷过火声鹤唳
你飞檐走壁飘奇幻
任他们乱红飞舞异兽缠

你力辨魑魅刑天斩

打出四道门后打向人生
新山门是一场又一场战争
最后以坟墓形式睡回了故乡
母亲的坟是你最后的山门
你以百岁婴孩的卧姿向孝投降

## 作家之死

北京夏天的壁虎
神出鬼没在路灯边的墙上
无论蚊子或其他小虫
常常被它静静地伏击

下雨的时候
它在墙缝里躲避
它踩着蛐蛐的鸣叫
搜索着自己的区域
雨停了　它爬出
爬上了一条标语
犹豫着犹豫着
还是爬上了陌生的字迹
爬着爬着
突然掉了下来

至死都不明白
冠冕堂皇的花言巧语
怎么会成了死亡禁区

为何走向了水里
去擦亮四世同堂的玻璃
骆驼走在太远的戈壁
月牙儿看成了自己的孩子

旋涡溅起的问号

至今还没有拉直

湖水荡漾着墨水的涟漪

## 丢枕巾的人

枕巾夹在了棉裤和秋裤之间
竟向管理员说它丢了
你这一辈子总丢东西
丢大清丢东北三省丢小朝廷
丢了自己复辟的魂
把中国近代史丢得七零八落

丢得只剩下一方枕巾
再丢　你怎么站成一个人
你知道民族自尊
大片山河拱手送人的愚蠢
婉容华丽你的阳萎你的低迷
你被日本人丢成占领中国的圈套

饥饿中丢了一碗白米饭
枕巾上丢失了睡眠
可知丢了家的东北灾民妻离子散
多少人多少年眼直勾勾挨到天亮
你却丢掉山河像丢一件古玩
到强盗家串亲戚把人丢到了世界

丢失中国和你以及你的祖辈有关
地图上和你枕巾大小差不多的地方
我量了量有一百六十万平方公里

它们天天枕在我的头颅下枕在梦中
有时会滴上别人看不到的细细泪痕

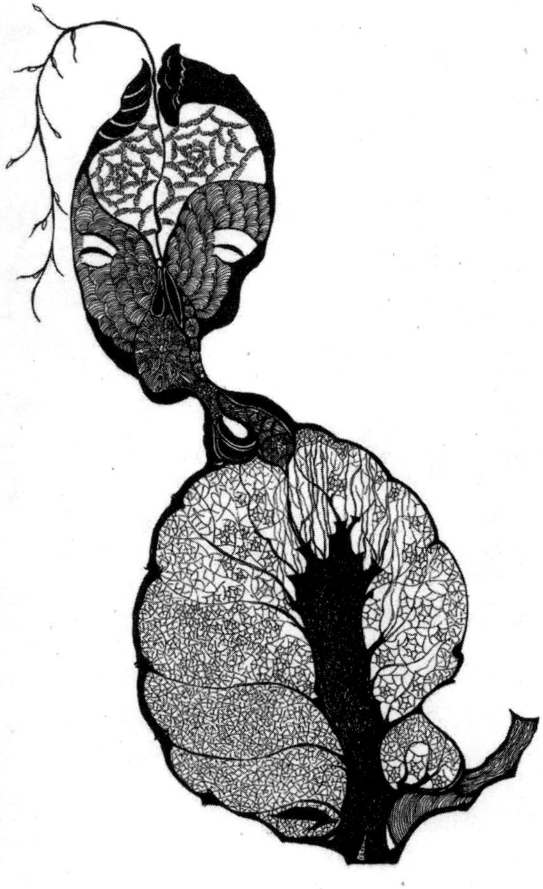

## 一个人的选择

如猫的脚步爬上来
爬进王洛宾的沧桑
滴滴答答下起了台北的雨

怀抱千年不熄的火焰山
你身上的水分快蒸发干
这让你犹豫成巨大温差

达坂城已不能在红唇中惊醒
与穿过沙漠的孤烟相遇
你只能成为长河落日

愤而转身踩响蓝色旋律
拥住笑拥住风云雷电的肩膀
会潜水的荷西能潜到你心的最深处

飞走了又一只惊天之鹤
你终于用头发牵住哭泣的骆驼
独自横穿过撒哈拉沙漠

城市已比沙漠荒凉
最荒凉的是你自己　长发挽起风
把你牵向一个比荒凉更荒凉的日记

## 包头巾的人

绣满阳光和收成
最宜朗诵庄稼拔节的雅韵
随时擦汗的诗意
突然擦出电影镜头之外的惊讶

你头上永远是质朴的岭
皱纹是大寨的层层梯田
那上面盘旋着狡黠与纯洁
抖开就有太多粗糙的麦屑

把农民简历反复熨烫
竟制成了一顶官帽
中国几千年的历史
第一次有了这种官帽制式
上面的雪开始反射媚俗的光

再听不到谷子和玉米的絮语
你的痛苦风干成难耐的寂寞
你将白布手巾戴在了所有农民的头顶

锄地姿势阅读文件瞄不准行距
捏笔如镰半天仅割出“同意”两字
天安门上看到的全是谷穗的影子
中南海的波光中光想抗旱引渠

飘进中国政权一块意外的云
下了几滴不该下的雨

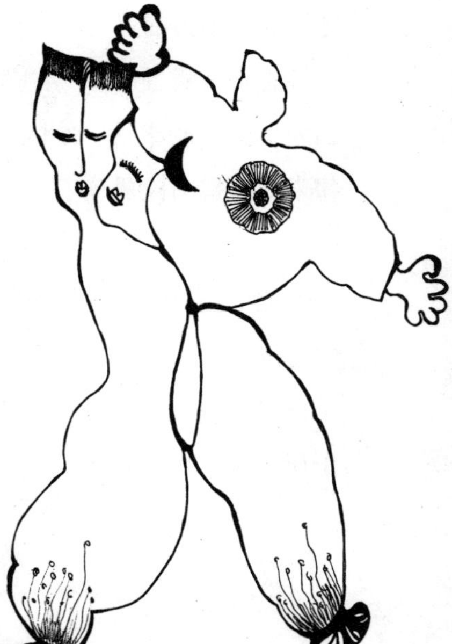

## 患渐冻症的人

是人心太冷了才蔓延此病
人一个个都变成了雪岭雪峰
地球变暖海流将融化南极
而冰雪涌来走进了城市
雪花正在把城市变成极地
城市正在渐渐结冰

与其与冰雪抗争
不如到文字上烤火吧
以思维的火苗延续生命
烘烤的是宇宙里的星星
因为渐冻
才找到了与银河沟通的语言
才发现了宇宙的黑洞
紧接着又自我否定
因为生命在地球只是暂时
将来都会雪山样寒冷

今天也许必须珍视温暖珍视爱情
短暂也是永恒
正在失去的我们应知
正在走来的我们当懂

## 发明智能手机的人

电池缺电引起的心肌缺血
海量信息已让血管堵塞
复合材质已不断替换骨骼
升级的机芯欲逐步取代良心
对血肉的认识只局限在生产线
皮肤已经与情感绝缘
人际关系预设多种程序
真实名姓已退缩至遥远
欺骗与关爱同时显出笑脸
触摸键难触摸到亲人的情感
寻找好友如穿衣一天一换
上网聊天如喝茶不冷不热
人情薄得每天需捂多层微信
手指霸气点击已代替了腿脚
身上感染病毒并不承认
眼前万丈悬崖也置若罔闻
生命在握已变成一场游戏
而你是这游戏的主人

## 爱微笑的人

在你的微笑上种田
收获谅解和温暖
包容　理性　平等　自由　奉献
罗本岛唯一的特产
大西洋洁白的浪花冶炼
348 公顷的一个铁砧
4 平方米囚牢的一把铁钳
1.83 米的大个子被狠狠夹住 19 年
（另外地方的 8 年还未算）

风暴雨雪和雷电
锻打出的纯真与质感
南半球一片稀缺的月亮
叮当地挂在你我胸前
并非那耀眼的国宝钻石
比钻石更勾魂的是你笑的天然
深夜偷割下几朵浪花
烹煮那些快霉变的思念
用苦难折磨发现的尊严
用皮肉痛苦做成的实验

它的成分是那么简单
价格比任何东西都要低廉

能有效控制贪婪的发展
也杜绝邪恶和卑鄙发炎
只有微笑　可以结束黑暗

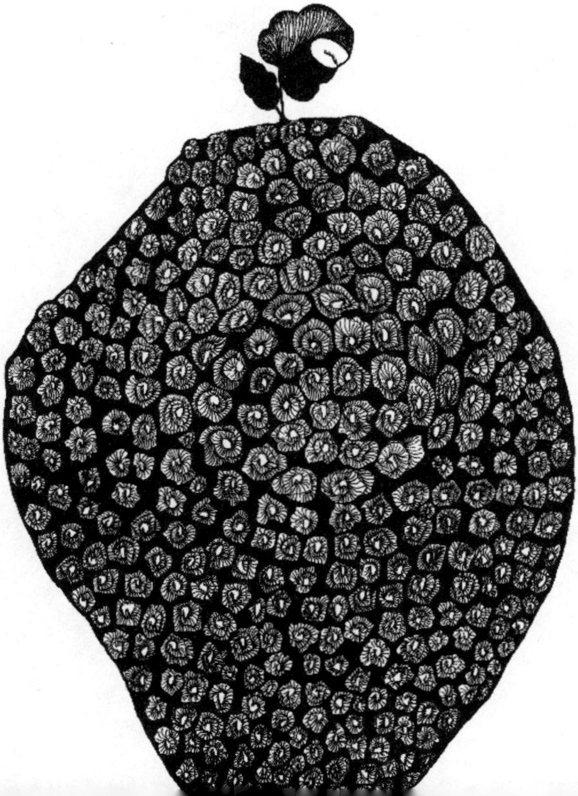

## 一个猎人

你的手变成雏菊康乃馨甚至玫瑰
你出现在白雪纷纷的雪原
无非是想以辽阔与空旷
让脚印亲吻纯洁和植物的影子

有一只鹰找寻腐肉如找一个错字
我的前半生只剩骨架
后半生还未长出一个标题
关于散文关于小说想象并未丰满
牦牛群简直就像一片草稿

我的躲藏或者极速脱险
与你的饥饿程度与子弹上不上膛无关
犹如弓与箭的关系或热与冷的关系
你和我的若即若离充满危险
我没有被你射中我就会伤害你
用鲜血涂满你的脸
用一种残酷的冰雪的口气留下批语
我爱你

## 兔子一样的人

一个字像惊恐的兔子
挖出一个夜色的洞
藏起身来
而面对绝情和讽刺
那纤弱的身子
除了瘫软成宣纸上的水
不敢再让人以它取暖

在挨近大脑的地方
取得心跳的同时
混入茫茫大海中
还是被猎枪所追逐
恐怖让你拒绝啃食

其实你生活的目的
仅仅是不愿碰撞同一棵树
飞溅在上面的血迹
也不愿被无聊地称作桃花

挪动组合暗喻象征悖论
是你从嫦娥身边
领受的任务
潜伏在诗经过的路途

## 失眠的人

半夜　用你目光的锯齿伐木
伐一棵棵诗的松树　时间飞扬
松塔的标点符号
砸疼木屋漏雨的十月
有了翠绿的庇护

你调皮笑声的松树
嘲笑鼠标呆傻　键盘顽固
你目光被我越磨越亮啊
引起了月光的嫉妒
它迈山过湖　赶到诗旁边居住

诗行一片狼藉　标题七横八竖
哪是残缺　哪是完整
火花在心里　却总又无法说出
所谓痛苦　是期待着的篝火之舞

月光终于同意我们的请求
感谢月老忽然眷顾
“你们没有在一起年轻
就在一起变老　我高悬蓝天
为你们敲响幸运之鼓”

## 做鬼脸的人

我以五十二个鬼脸
捉弄阳光和你的恬淡
我以五十二个柔滑和傲慢
让诗歌沉淀成一种祈祷和反叛

在等待的残酷里
对你的抚摸是一种慰安
在无奈的懒散里
谁也想不出你有多少开花的时间
我的迷醉贪婪的深渊啊
举着你让生命之桥高悬
在无尽的泪水浸润里
真的能伴我在荧光中一直走到墓园

在漆黑的夜里
你只是冰冷地蜷缩成一团
任我动作鲁莽你也从无怨言
你或许希望我扯着你疯跑过草地吧
缤纷的汉字为你昙花一现
不　你是我可以容忍的小怪兽
你容忍的不是我而是你的诺言

五十二个鬼脸天天变换
让我天天寻找打开的情感

五十二个鬼脸生前是花梨木

我的后半生嫁接在它的诡异与虚幻上边

## 沉思的人

我种下一排语言的篱笆
让生命像一幅画
并不是为了拒绝而是为了表达

我埋入一颗情感的种子
让生活像一朵花
并不是为了感谢而是为了参加

我布置一片想象的房屋
让思念像一个家
并不是为了生存而是为了出发

我寻找一颗痛苦的星星
让悲悯像一口茶
并不是为了回味而是为了升华

我高举一方抒情的手帕
让信心像一座塔
并不是为了纪念而是为了挺拔

我收藏了一次激情的闪电
让坚定像一片片屋瓦
并不是为了拥有而是为了回答

## 抽雪茄的人

只有你的忍耐
才能让雪茄痛苦
让青烟的力度
把复仇的意念模糊

一个典故
就是一个俱乐部
可以潇潇洒洒地重复
一千个一万个错误

当懒散成为一个词组
不再为我服务
我失业于情感的丰富
仍徘徊于梦的峡谷

最后无奈的长途
是用纸修一条路
让语言移民于一个自由的国度
身体依旧付着房租

只有雪茄
把一生燃烧成一个下午
一个物质的彻底毁灭
一个灵魂的彻底复苏

## 巴里坤雪山下的人

阳光金黄　碧空如洗
忽然　头顶落下纷飞细雨
甘霖　不是来自天空　更不是陆地
如梦如幻的雨滴
到底来自哪里

冰凉刺骨　寒冷惊悸
绒毛在上下翻飞
仰头侧身望去　天哪
远山雪峰　正吹落一片片雪羽

雪峰从背处滑落
又从峭石上　白茫茫地一跃而起
掠过林地　山洼　蒸腾成水汽
刹那伸出雨点飞溅的手臂

漫空播撒的金丝玉屑
大胆泼辣　毫无顾忌
用千言万语屏住了呼吸
眩晕　窒息
彩虹销魂蚀骨的阵阵神秘

此时把你抱在怀里
你为何狂吻着我的躯体

再见　孤傲群山般翘起的鼻翼

再见　小白杨般睫毛的扑朔迷离

不是　此生极难寻觅的太阳雨

冰与火　怎会有天堂里的艳遇

## 写信的人

逆时间之河流　贩运诗句
却不想捧出那炊烟下的果实
那被爱之火炙烤的麦子大豆玉米
青纱帐里有多少浓密的思绪

已收割了多少茬的太阳和雨
又种下了多少颗星星与梦
这被深翻的皱褶满布的日记
是否还能伸出爱的手臂

人一生为何空中飞来飞去
必须找到那两个字
当别人占据时的空中的滑翔
那种疼痛的晕眩怎能忘记

有时从胡杨上摘下泪滴
那是只有雪山才配的装饰
而从汪洋大海中的挥霍
谁剥夺了纯洁晶莹的比喻

小草出生　是一本最美的诗集
它永远都有不竭的碧绿
冬天　无非把门关闭
春天　再次为你开启

今天　只想栖息
栖息在你温柔的文字里
哪怕狂风暴雪
会让我跌碎　再无容身之地

## 发烧的人

那个生病发烧流泪咳嗽的人
一定是爱上了夜晚的星星月亮
让思想到广寒宫里洗澡才引起感冒

而我怎能说服莲花升腾奔向你
举着一朵如火的草药
用七月的阳光抚摸你的睡眠

当你抱紧了莲子可是抱紧了我
我悔恨怎么制造了飞雪的纯净
却也掠夺了你的一些健康

任疾病肆虐　火遇见金　火遇见木
你说我是该熔化还是燃烧
只流淌一种为你治病的药物

我的血从灵魂里醒来
被你的名字煮沸后不曾冷却
它也许有清心泻肝火的功效

比扎针更灵验百倍
至少没有受到过病菌污染
堪比高贵的灵芝和天山上的美玉

你清风梳头露水洗瞳仁
以善良抛撒着人情上的金银
却忘了用一剂药来医治思念

念这首诗　喝一口安慰　给它一个吻
会气血同清　三焦同治　止咳平喘
我眼神里有一杯冒着热气的菊花饮

## 恶作剧的人

那天的大雪是厚厚的幕布
你一身猩红　成为戏剧元素
你正进入一个规定情景而自己并不清楚
第一排中间那片淡蓝山谷
终于飘来了　红罂粟

预定位置　设定埋伏
骁勇的诗行随时准备冲出
你关注情节发展
没想到也正被人关注
你被一种诗情感染
没想到也成了里面一个人物
就像你的目光渔网般撒向了海面
其实你自己也刚成为一颗珍珠

你的名字被冲锋的诗句喊出
顷刻间你的面庞有燃烧的甜蜜和痛苦
凭借一个灿烂的典故
心中的爱情已经胜出
竟然进入毒瘾般的腾云驾雾
也才有了那首诗　那个火红的题目
为了你心灵一次几秒钟的震颤
我燕儿般寂寞等待了多少个寒暑

心里感到太大满足
没有人看出我的企图
原来　自己的爱情可以别人帮助
也可以在别人的激动里留下自己的泪珠
就像长风在水面上起起伏伏
只有你的红帆船知道自己的归宿

我发现那天的比喻有些唐突
那其实是一个忧伤的错误
想把你的名字灌进 DVD
让最温柔的春风一遍遍把它吹拂
每回念一次你的名字
夜空都会把一颗星星擦洗得光洁耀目

## 有一个人

地球末日来临的那天
人们惊叫着从眼前逃散
望着黑压压的人群
我会退回我的房间

我不会再坐在窗前
也不会闭上双眼
而是打开久闭的门窗　拉开窗帘
任星星破碎的影子摔碎在胸前

我会弯腰找出我的皮箱
把所有的过去统统倒向地面
我会在里面放进一支檀香
（在另一个世界虔诚点燃）
然后放进我写给一个人的诗篇
放进两双未穿过的拖鞋
放进两打未曾用过的手绢
两块新毛巾　两套牙具
和你馈赠我的新书
（我夜晚多少次亲吻它的封面）
一套棋子棋盘　还有龙井　毛尖
还有一把二胡
（人的一生其实就是两根弦的缠绵）
然后　放进久已不用的手电

（烛光浪漫但不能驱走黑暗）
一把久已不用的油纸伞
（折叠伞实用但颜色过于暗淡）
我的宝贝相机和所有胶卷
还有一支碳素笔
（它洞晓我心灵的轨迹与蜿蜒）
还有一只螺号
（想起它我就想起你黑发翻卷　还有你星星般的双眼）
还有那把折扇
（那上面霉变的桃花诉说着迟来的爱恋）

我　就坐在我的房间
在死亡面前点起一根香烟
我要等到你苍白的面庞出现
你无助的小手　我想
它终会伸到我的臂弯

呵　一起走吧
我的声音也许很慢
在人间　我们没能经常见面
到天堂后
我们要好好谈谈

## 印度洋上的人

看似一艘军舰的形状
没有丝毫耀武扬威剑拔弩张
鲜花装点你每片石块每棵树桩
船桅是两棵椰子树　镶金边的旌旗飞扬
风帆信号旗是五颜六色的霞光
新来的水手是妻子儿子和两个姑娘
呵　在这个春季我当上了一位印度洋上的船长

窗台上列队一只蜥蜴两只海鸥和满眼阳光
一只黑衣鸟的俯冲袭击测验我的胆量
练习投掷的金椰子也从天而降
紫外线一天就把一件紫色 T 恤衫套在胸膛
日出和日落都在上面闪闪颁奖
出海树林鼓掌　归来火把领航
呵　在这个春季我当上了一位印度洋上的船长

小舢板碰撞切割出膝盖上流血的惊慌
从大鲨鱼的出没分析一切可疑的潮落潮涨
穿梭电瓶车快速传递着军情紧张
一架又一架水上飞机载着巡查的梦飞翔
震撼涛声里仔细分辨轻微的脚步声响
垂钓漫天星光时常打捞出湿漉漉的故乡
呵　在这个春天我当上了一位印度洋上的船长

从虾兵蟹将夜行姿态预报阴晴风雨
鸡蛋花捧出一片黄澄澄的愿望
指针焦急推算潜水归来的灯光
白云扫描降落伞坠下的巨型翅膀
用旋涡般的鱼群推算出曲折的航图
一群久违的海豚跃出我的热泪盈眶
呵　在这个春季我当上了一位印度洋上的船长

把恋恋不舍的蓝天卷进厚厚的行囊
把澄澈闪光的海面穿到身上
有绵延的岸礁做手臂永远不会绝望
有飞扬的浪花为伴侣终生不会凄凉
身边的喜怒哀乐永远都是海洋
谁能说自己不是自己航程中的船长
我愿抱着你大海啊　永永远远地歌唱

# 后　记

本诗集酝酿准备时间应是在2013年河南大学羽帆诗社成立三十周年纪念活动之时。我是河南大学羽帆诗社发起人之一，曾任诗社的第二任社长。在和大家一起编一本羽帆诗社的诗选集时，就有人说，你写了那么多普通人的诗，很有特色，应结集另出一本诗集，于是就开始准备。诗友李霞、吉喆写了热情中肯、见解独到的诗评；冯杰还为我画了漫画。但是在《人民日报》《光明日报》《工人日报》又陆续发表了一些这类诗后，我觉得应该再向历史纵深处开拓一下，结果，一发不可收，又写出80多首诗来，原来写普通人的诗压缩至不到30首，诗集大部分内容变成写历史上的名人的诗作了。我感到很惊奇，一年多时间，又有了新的收获，在历史的层次感、覆盖面、人物类别及丰富性上可以说是大大增加了。恰在此时，偶遇我的师兄、大象出版社社长王刘纯，他在上大学时就关心我的诗歌创作，就问起了近期创作，我向他说了自己的创作初衷，得到了他的支持，他让社里的资深编辑王晓宁编审当该书的责编、王莉娟女士做该书的美编，这让我十分感动。此时，恰遇河南省委宣传部让我们河南省“四个一批”人才上报2014年的资助项目，我把报告打上去，竟然通过了。在荥阳的一个诗会上，我见到了我的师兄、全国著名诗歌评论家程光炜，见到了老朋友、全国著名文学评论家何向阳，他们听了我的汇报后，都给予肯定，也让我备受鼓舞。

给这本诗集最初取名为《说书人》，其一是因为《光明日报》两年来已发表我的诗作十余首，其中一组诗里面第一首的名字就叫《说书人》。其二说书是写人叙事的，我这本诗集也基本上都是写人叙事的，似乎有一种暗合。其三是便于我分辑，叫《说书人》我就可以按书的惯例把每一辑划分成回，让诗集有了与其他诗集不一样的划分方法，不与别人雷同。其四是我感觉自己就是想当一个说书人的角色，为自己的诗人角色和语境定位，为诗的内容和基本色彩定调。只是后来责任编辑经过再三斟酌并经我同意，最终将书名定为《人之风景》。

我把自己定位为“说书人”，就是想找到与别人不大一样的诗歌辨识度。因为我知道在特定历史时期的重要诗人，他的诗一定是具有方向感的，并且能将民族文化意识与人的主体性有机地结合起来。

因为出生和居住都离黄河较近的原因，我常

听到寒风呼啸、黄沙弥漫中叩响的简板的声音，和那沙哑但充满磁性的坠子书声，它们在大自然恶劣气候中也从来没有停止过。它们是那样让人痴迷，再也无法从记忆里抹掉。这些坠子书是口头传说，内容丰富，蕴含着悠久的历史故事和生动的人物形象，一些老艺人可以连唱好几个星期不停。如果把他们连起来说的书听一遍，我觉得这就是中华民族口传心授的史诗。后来，我忽然发现，一切当代史都是古代史，都必然会经历一代代说书人嘴上的评判。哪怕你把他们看得很低，低到你甚至从不拿正眼瞧他们。说书人有一个“规矩”：每年正月十三的马街书会是不能缺席的。来了一年就要年年来，不能停。如果你来了一年不来了，人们就会说你死了！这是说书文化的规矩，以此让中华文明几千年不断线。想到这里，我真是对他们肃然起敬了！能当一个诗歌的说书人，是我今生的一个奢望。

在现实生活的各种压力下，说书人心里还始终装着自己的文化，而我们中的不少人却早已将它们忘记了！不管哪个时代，诗歌虽风格不同，但本质指向都是在人与人、人与自然、人与社会之间建立一种平衡。囿于理性缺乏和感性缺失，诗人或无法透视当下现实，或无力构建新的平衡，为了规避风险，重复写作就成为一种现象。有的诗人讲究个人内心体验的高蹈，而对诗的及物与及他人十分排斥。还有就是当代许多的语言技巧如何表现非常本土文化的人物题材，这也是对诗人的一个挑战。诗的趣味、活力和技艺如何展现，其实也是对诗歌深度的考验，同时也检验着诗人对艺术是否真诚。

我坚持我对诗的追寻。史学家钱穆说："当信任何一国之国民，尤其是自称知识在水平线以上之国民，对其本国已往历史，应该略有所知。""所谓对其本国已往历史略有所知者，尤必附随一种对其本国已往历史之温情和敬意。"人，诗意地栖息在大地上！不读诗写诗的人，永远不懂诗歌的魅力，就像不恋爱的人永远品尝不到爱情的甜美。诗歌让我感到自己不是一个孤独的人。诗歌没有独特的抒情方法，就不能放出独特的光彩；不摆脱思辨和理性的压抑，也不会获得抒情的自由。我也庆幸在这个世界上，我曾用自己的方式与多种多样的人和生命对话。我感到我是因此才来到世界上的，而不仅仅是为了自己。我发觉不是我在写他们，而是他们一把将我拉入了永恒的时间里，并在其中一遍遍梳理自己的灵魂！这种诗意的拯救和观照，如灵性的光芒，将我的灵与肉温馨覆盖，我不再为世事的纷繁而焦躁，也不再为生活的失意而痛苦。我觉得诗神，在我张开双臂的瞬间悄悄醒来……

没有创造性思维，就没有诗。这是诗对一个诗人的基本要求。"诗人要信奉'等待与顺应'，在需要的时候，要抓住灵感下足赌本。”[①]“文化越古老，负担越沉重。现代意识是现代诗的马达！”[②]我不知我用现代意识的马达有没有将古老的文化轻轻托起，让它飞到你的身边，语言外壳和现代诗技巧有没有形成自然匹配。这本诗集只是这两年来诗的合集，早期的诗一概未选。我常常感到，不管是由古老历史激发出的灵感，还是用艺术手法移植的现实，都是关于这个世界的神秘的谜语。一个民族如果不知道伸出手去牵住昨天，那么如何将另一只手去伸向明天？我想，如果诗人的个人思考将来变成了亿万人对中国历史中某个人的追思，变成了对现实情景中的更多思考，这种创作就是有益的。如果我的诗能解读一些生命的本相、生命的本质，看到一些活的灵魂，包括死的静美、生的安然，从而让匍匐在地的生命跃出万丈红尘，来做一次对大地的俯视和超越，这种创作就是有益的。

新诗需要洞悉人性直抵人心，历史或现实中最痛最弱的一部分命运也应该在我们的诗里面得到表现，不能仅仅有高大、威猛、抒情和赞美，因为那构不成一个完整的世界。生命直觉和生存意志，是天然的诗意。这种天然的诗意，会被刻意的扬扬得意的炫耀所对抗所削弱，不能抵达其中包蕴的内心优势。生活和命运带来的尴尬、痛苦、苦闷、孤独、无奈、绝望和焦虑，才是人的

---

①② 诗人伊沙语。

内心的真正黄金，才是人的力量之所在。我们处在变革时代，而悲剧精神的存在注定了诗中人性光辉的闪烁。不管你的诗的形式如何，是先锋还是传统，有一点是不能缺少的，就是对生命的真诚、探究与敬重，这里有诗的本真、深度和广度。诗人必须用自己的眼光看世界，而不应该受到别人的影响和左右。有人说，“没有伟大人物出现的民族，是世界上最可怜的生物之群。有了伟大的人物，而不知拥护、爱戴、崇仰的国家，是没有希望的奴隶之邦。”在中国历史文明发展走到今天的时候，我举起自己的一朵小小的浪花，以这本诗集向大海致敬！

李暄

2016 年 6 月 6 日